www.tredition.de

AF217609

André Link

Blutrot ist die Tudor-Rose

Historischer Roman

www.tredition.de

© 2017 André Link

Verlag und Druck: tredition GmbH, Halenreie 40-44, 22359 Hamburg

ISBN
Paperback: 978-3-7439-4153-3
Hardcover: 978-3-7439-4154-0
e-Book: 978-3-7439-4155-7

André Link

Blutrot ist die

Tudor-Rose

As fortune did advance

To further my desire,

Even so hath fortune's chance

Thrown all amidst the mire.

Henry Howard, Earl of Surrey

(hingerichtet 1547)

Vorwort von Arbella Stuart (1615)

Ich schreibe dies im Tower von London, wo ich sterben werde. Ich werde gefangen gehalten, weil ich wagte, ohne die Einwilligung unseres erlauchten Herrschers, König James I.., William Seymour, den Enkel von Lord Hertford, zu lieben. Bevor man uns gewaltsam trennte, gab mein Geliebter mir Aufzeichnungen aus seinem Familienbesitz mit. Sie stammen von der Hand seiner Großmutter Katherine Grey und ihrer Schwestern Jane und Mary, die wie ich die Nähe zum Thron mit Kerkerhaft und einem schmachtvollen Tod bezahlen mussten. Ich habe die losen Blätter abgeschrieben und sie zu einem einheitlichen Ganzen zusammengefügt. Mögen sie der Nachwelt bezeugen, dass königliche Herkunft nicht nur Segen, sondern auch Fluch und Verhängnis sein kann. Die Tudor-Rose ist nicht scharlach- oder purpurfarben, sondern rot wie Blut.

Erstes Buch

Die weiße Rose

Jane Grey (1537 – 1554)

1

Der Waffenlärm ist verstummt, die Kanonen schweigen. Der einzige Laut kommt von den Dohlen, aber ihr Flug ist träge, ihr Keifen missmutig. Wenn sich eine von ihnen von der Kastanie erhebt, die zwischen White Tower und Wakefield Tower steht, stäubt Schnee zu Boden. Eine weiße Decke hat sich niedergelegt, mager und zerlöchert, aber ohne Zweifel ein Leichentuch.

Das Gespräch mit Dr. Feckenham hat mir ermüdet. Ich habe ihm klar zu verstehen gegeben, dass, wenn er im Papismus verharrt, er auf dem geraden Weg in die Hölle ist. Eine Weile debattierten der gedrungene, rotwangige kleine Priester und ich über die Gegenwart des Erlösers in Brot und Wein, vor allem jedoch darüber, dass das Heil des Christenmenschen in der Gnade Gottes und nicht in seinen eigenen Werken zu suchen ist. Dann zog sich der arme Wicht zurück, nachdem er mir versichert hatte, er würde die Königin um Gnade ersuchen.

Gnade, was ist das? Hat Mary wirklich geglaubt, dass ich katholisch werde, wenn sie mich am Leben lässt? Sie müsste mich besser kennen. In meinen Kampf für den einzig richtigen Glauben bin ich mit Wahrheit gegürtet, mit Rechtschaffenheit gerüstet. Und als aufrichtige und unerschütterliche Protestantin werde ich - ein Fanal meines Glaubens - in den Tod gehen.

Die Schärfe des Beils, es ist nicht das, was ich fürchte. Alle sagen, dass es schnell geht. Schlimm, im Hinblick auf das, was danach kommt, ist auch nicht, dass man seinen hilflosen Körper allen Augen ausliefert und wie ein ausgeblutetes Tier daliegt. Der Leib ist nichts - wichtig ist, dass man würdig und gefasst sein Schicksal auf sich nimmt.

Und das der Welt zu zeigen, dazu ist die Enkelin der französischen Königin und Urenkelin von König Heinrich VII. fest entschlossen.

2

Dass man meine Schwäger nicht mehr auf den Zinnen des Beauchamp Tower sieht, liegt nicht an der kalten Witterung. Frische Luft brauchen sie immer noch, aber jetzt bereiten sie sich auf den schweren Gang ihres Bruders vor – des einzigen von ihnen, den keine Begnadigung vor der Axt bewahrt. Mich hat die beängstigende Unruhe, die sich auf dem Hof bemerkbar macht, ans Fenster gelockt. In Rüstung und Sporen, aber auch in Ketten werden die Rebellen unter den wüsten Beschimpfungen ihrer Wärter zu ihren Zellen gezerrt. Thomas Wyatt, der Anführer des Aufstands, schreitet mit stolz gerecktem Haupt. Als ich aber meinen Vater erkenne, der, ohne die Augen zu heben, sich grau und gebückt in seinen Fesseln voranschleppt, stockt mir der Atem. Ich taumele zurück und flehe Gott an, uns Kraft zu geben.

Mit der Schärfe des Beils bin ich vertraut von Kindesbeinen an. Im Jahr meiner Geburt musste Anne Boleyn, ein paar Jahre später ihre Nachfolgerin Königin Katherine Howard das Blutgerüst besteigen. In wachsendem Argwohn (man könnte es auch Verfolgungswahn nennen) richtete Onkel Henry ein wahres Massaker unter den letzten Nachkommen der Plantagenets (vor allem den Poles und Courtenays) an. Der Henker hatte Überstunden zu machen: Bei der Gräfin von Salesbury, Margaret Pole, musste er drei Mal zuschlagen, bevor es ihm gelang, ihren Kopf vom Rumpf zu trennen, und dabei lag das einzige Vergehen der alten Dame darin, dass sie einen Kardinal zum Sohn hatte.

Noch kurz vor seinem Tod ordnete König Henry die Hinrichtung des Earl of Surrey an, weil der das Wappen seines Ahnherrn Edward des Bekenners in sein Wappen aufgenommen hatte, was anscheinend dem König allein zusteht. Surreys greiser Vater, der Herzog von Norfolk, schmachtete noch bis vor kurzem in den Tiefen des Towers – allerdings habe ich ihn nie zu Gesicht bekommen.

„Madam, Ihr werdet Euch erkälten", flüstert Elizabeth Tilney, die hinter mir steht. Als ob das jetzt noch Bedeutung hätte. Das Einzige, das mir unangenehm wäre, das wäre es, mit geschwollenen und geröteten Augen vor die Gaffer zu treten.

Unbeirrt bleibe ich am Fenster stehen. Die Glocke hat zehn geschlagen. Wenig später öffnet sich die Pforte des Beauchamp Tower; in Begleitung seines Onkels Sir Anthony Browne, aber ohne Priester tritt Guildford heraus. Ehe er zu dem auf den Tower Hill führenden Tor schreitet, wo der Sheriff auf ihn wartet, blickt er zu meinem Fenster empor. Er ist bleich, sein Gesicht vom Dunkel der letzten Monate gezeichnet, und seine Augen sind von Tränen gerötet.

Einen Moment treffen sich unsere Blicke, doch ohne Regung. Dann geht Guildford weiter. Seine Bitte, von mir Abschied zu nehmen, habe ich ihm abgeschlagen: Es würde die Qual nur unnötig verlängern, und wir werden uns ja in kurzer Zeit in einer besseren Welt wiedersehen.

In dieser besseren Welt, so sagte ich mir, während ich mein Taschentuch in meinen Händen knetete, wäre ich ihm das, was ich hienieden nie war: die fügsame und ergebene Gattin.

Die nächste halbe Stunde sollte eine meiner schwersten werden: Meine Damen Tilney, Jacob und Ellyn überboten sich darin, mir Trost zuzusprechen, damit es mir gelänge, meine Fassung zu wahren. Die brach jedoch vollends zusammen, als draußen das Knirschen von Wagenrädern zu hören war: Auf einem elenden Karren, unter dessen blutgefärbter Plane sich ein menschlicher

Körper abzeichnete, wurde Guildford in die Tower-Kapelle gebracht. Ach, die Bitternis des Todes! „Guildford, Guildford!", stöhnte ich und presste, nicht mehr Herrin meiner Sinne, mein Taschentuch an meine Lippen.

3

Wann habe ich Guildford zum ersten Mal gesehen? Es war wohl, als John Dudley als neu ernannter Lord Admiral seine Söhne an den Hof mitbrachte: Unter ihnen fiel Ambrose durch seinen gelehrten Ernst, Henry durch seine jugendliche Unbefangenheit und Robert durch seine lässige, dunkle Eleganz auf, für die auch Elizabeth nicht unempfänglich war.

Guildford war groß und schlank, unter hellem Haar, das in eine jungenhaft trotzige Stirn fiel, blitzten graue Augen. Diese Augen hätte man ausdrucksvoll nennen können, wenn aus ihnen nicht ein Hochmut gesprochen hätte, die ihm seine ihn maßlos verwöhnende Mutter eingepflanzt hatte.

Auf jede Frau außer mir hätte dieser kalte Schönling anziehend gewirkt. Aber ich hatte ja andere Prioritäten.

Die kamen völlig durcheinander, als meine Eltern mich vor einem Jahr zu sich riefen und mir mitteilten, dass ich Guildford Dudley heiraten würde.

Unnütz zu sagen, dass ich aus allen Wolken fiel. Obwohl ich inwendig zitterte, bemühte ich mich, mir meine Erregung nicht anmerken zu lassen. „Ich dachte, ich sei Edward Seymour versprochen", sagte ich frostig.

„Die Seymours haben ausgedient", sagte mein Vater, der breitbeinig vor dem Kamin stand. „Guildford ist der Sohn des Lord Protectors und Vorsitzenden des Kronrats."

„Sein vierter Sohn. Ist das ein ebenbürtiger Gemahl für eine Urenkelin König Henrys VII.?"

„Dudley ist der mächtigste Mann im Staat. Sicher nicht von vornehmster Abstammung, aber ein tüchtiger und ehrenwerter Mann, der sich von der Pike auf hochgearbeitet hat. Keiner von nicht königlichem Geblüt außer ihm ist bisher zum Herzog erhoben worden."

„Sein Vater wurde als Hochverräter hingerichtet."

„Das sind alte Geschichten", sagte meine Mutter mit dem ungehaltenen Gesichtsausdruck, den ich nur zu gut kannte und der mir eigentlich eine Warnung hätte sein müssen. „Nenn mir bitte eine Adelsfamilie, die kein schwarzes Schaf und keinen zum Tod Verurteilten in ihren Reihen zählt. Zum heutigen Zeitpunkt ist es eine Ehre, wenn der Herzog von Northumberland dir die Hand seines Sohnes anbietet."

„Aber ...", rang ich nach Ausflüchten, „Ihr wisst doch, gnädige Eltern, dass ich gar nicht heiraten will. Meine Studien ..."

„Unsinn, Kind", fuhr Mutter fort. „An deinen Studien will dich ja niemand hindern. Aber es gibt Wichtigeres. Mit deinen fünfzehn Jahren bist du im heiratsfähigen Alter, und du solltest dich freuen, dass deine Eltern dir die denkbar beste Partie arrangieren."

Vater fügte hinzu: „Auch der König wünscht die Heirat."

„Edward wünscht das, was Dudley will."

„Was für das Urteilsvermögen des Lord Protectors spricht. Ohne Zweifel eine umsichtige Wahl. Im Übrigen haben wir auch deiner Schwester Katherine eine Ehe ausgerichtet. Mit Henry Herbert, dem Sohn des Earl of Pembroke."

Noch einer von Dudleys ehrgeizbesessener Clique! Ohnmächtig biss ich mir in die Unterlippe, stand ansonsten aber wie ein schmollendes Kind vor meinen Eltern, die mit einer Mischung aus Herausforderung und Herablassung auf mich herunterblickten.

Dann, während Mutter irritiert in den Kamin schaute, räusperte Vater sich und sagte dann barsch: „Deine Eltern haben nur dein Bestes im Sinn. Und als gehorsame Tochter hast du das zu akzeptieren."

„Und wenn ich mich weigere?", beharrte ich.

Vater sagte: „Das wirst du uns doch nicht antun?" Mutter jedoch federte mit einem erbosten Rauschen ihrer Röcke vom Kamin zurück. Zorn flammte in ihren dunklen Tudor-Augen, und ich sah, dass die Reitpeitsche in ihrer rechten Hand zuckte. „Solltest du auf deinem Eigensinn bestehen, gibt es Mittel, dich zur Vernunft zu bringen. Das willst du doch nicht, Jane, oder?"

„Nein!", schrie ich und sank in einem tiefen Knicks nieder. Ehe Mutter ihre Drohung in die Tat umsetzen konnte, war ich auf die Diele hinausgestürzt. Mary, die in ihrer typischen Art vor der Tür gelauscht hatte, stierte mich aus stumpfsinnigen Augen an. „Aus dem Weg!", schrie ich, stieß sie zur Seite und flüchtete an ihr vorbei in mein Zimmer.

4

Wenn ich ehrlich sein will, muss ich zugeben, dass die Strenge meiner Eltern noch nicht einmal außergewöhnlich war. Andere Kinder unseres Standes fasste man noch härter an. Die beiden kleinen Söhne meines Großvaters Charles Brandon aus seiner zweiten Ehe mit Katherine Willoughby zum Beispiel mussten, ehe ein bösartiges Fieber sie hinwegraffte, sogar bei Tisch Latein und

Griechischen sprechen, bevor sie sich den Tafelfreuden widmen konnten.

Mir kam zugute, dass ich seit meinen frühesten Tagen eine begeisterte Leserin war, und so schlang ich Plato und Herodot, Cicero und Tacitus förmlich in mich hinein. Mit acht begann ich Griechisch, mit zwölf Hebräisch zu studieren, und noch kurz vor meiner unseligen Verehelichung habe ich mich an das Arabische gewagt. Vater, der die Bücher nicht weniger liebte als ich (im Haushalt des unehelichen Sohnes Henrys VIII., des Herzogs von Richmond, wo er aufgewachsen war, hatte die Gelehrsamkeit des Knaben schon sehr früh alle in Erstaunen versetzt), war stolz, dass seine Jane einen Briefwechsel mit dem Schweizer Reformator Heinrich Bullinger unterhielt. Mein Ruf als belesenste Fürstentochter Europas begann über Englands Grenzen hinaus zu strahlen: etwas, das – heute bekenne ich es mit einer gewissen Scham – mir doch große Befriedigung verschaffte. Selbst meine umtriebigen Cousins, König Edward und seine Schwester Elizabeth, waren im Spanischen und Italienischen nicht so sattelfest wie ich: Das hat mir jedenfalls Elizabeths Lehrer Roger Ascham versichert.

Natürlich lernten auch Katherine und Mary die alten und neuen Sprachen, aber von ihnen verlangten die Eltern nicht halb so viel wie von mir. Dennoch war auch ihr Tagespensum randvoll gefüllt.

Das ging ohne Pause vom frühen Morgen bis zum späten Abend. Hatten wir nach dem Morgengebet und vor dem Schlafengehen, also zweimal am Tag, den Eltern unsere Aufwartung gemacht und sie hatten mit den üblichen Maulschellen für unsere Verfehlungen – Lobesworte waren seltener – uns segnend entlassen, konnten wir drei aufatmen.

Katherine, die nie richtig erwachsen wurde, kehrte zu ihren Hunden, Affen und Papageien, die in ihrer eigenen Welt lebende Mary zu ihren Puppen und ihren Zeichnungen, die Buchstabenfresserin Jane zu ihren Büchern zurück.

Als Älteste und Ranghöchste hatte in erster Linie ich standesgemäß aufzutreten, und mir war nicht der geringste Fehltritt, die mindeste Nachlässigkeit erlaubt. Mit vollendeter Würde und unverbrüchlicher Perfektion hatte ich die kostbaren Roben zu tragen, in die man mich zwängte, Stick- und Nähnadel zu führen, Laute und Virginal zu spielen, Pavane und Sarabande zu tanzen. In meinen Adern rollte das Blut Henrys VII., der Englands erster Herrscher aus der Tudor-Dynastie gewesen war, und dessen Tochter Mary, die, bevor sie ihre Jugendliebe Charles Brandon heiraten durfte, die Ehefrau des alternden Franzosenkönigs Louis

XII. gewesen war. Dass ich mir dessen in jeder Faser meines Körpers und in jeder Sekunde meines Lebens bewusst sein musste, das hatten mir meine Eltern Henry Grey, Marquis von Dorset, und seine Tudor-Gemahlin Frances Brandon bereits in der Wiege eingebläut.

5

Freilich, unser Leben bestand nicht nur aus dem pausenlosen Eintrichtern von Grammatik- und Anstandsregeln. Wir wuchsen auf Bradgate auf, einem der schönsten Adelssitze Englands. An den Ausläufern des Waldes von Charnwood in Leicestershire gelegen, boten die weitläufigen Parkanlagen den heranwachsenden Grey-Kindern hinreichend Gelegenheit zum Spielen und Herumtollen. Tauchten aus der Umgebung die Dorfbewohner aus und legten uns als Gaben Obst- oder Gebäckkörbe zu Füßen, kamen wir uns wahrhaftig wie Königinnen vor.

Königinnen, das waren wir lediglich durch unsere Blutsverwandtschaft mit Henry VIII.: Erst nach seinen drei Kindern Edward, Mary und Elizabeth (aus den jeweiligen Ehen mit Jane Seymour, Katharina von Spanien und Anne Boleyn) kamen in der Thronfolge die Grey-Schwestern. Ihr Vater war ein bloßer Enkel von Elizabeth Wydville, der Gattin Edwards IV., ihre Mutter aber eine Tochter von Henrys jüngster Schwester Mary. Die ältere Schwester Margaret hatte Henry ausgeschlossen, nachdem er ihren Mann, König James IV. von Schottland, auf dem Schlachtfeld besiegt hatte.

Einen Abglanz des königlichen Prunks mochten wir verspüren (oder uns vormachen), wenn wir in der großen Halle – Mittelpunkt des Palastes von Bradgate, dessen rosarote Backsteine von dunkelvioletten, diamantförmigen Einlagen glitzerten – unter einem Baldachin zu den Klängen unserer Hauskapelle dinierten.

Erschauern machte uns hingegen das veritable Hofleben, an dem teilzunehmen uns vergönnt war, wenn wir zu Weihnachten nach Windsor, Greenwich oder St. James's eingeladen waren.

Es ging so hoch her, dass der Herzschlag der kleinen Mädchen, die wir waren, zu jagen begann. Die Tische waren mit Stechpalmen und bestem Sterling-Tafelsilber überladen. Von ihren Estraden aus dröhnten uns die Hofmusikanten „Noël, Noël" ins Ohr. Es gab farbenfrohe Maskeraden und spielerische Scheinturniere, etwas später auch eine Tierhatz: Der distinguierte Tudor-Hof schüttelte sich vor Lachen, als der Stier die Hundemeute abzuschütteln suchte, die sich an seine Flanken festbiss. Mich stieß das blutige Schauspiel ab, und ich war froh, als ein Feuerwerk in eisiger Kälte den Abend beschloss.

Zuvor hatten wir dem König der Festtafel, „Sir Loin", in erster Linie aber König Henry unsere Huldigung dargebracht. Der saß in seiner ganzen Leibes- und Brokatfülle auf dem Ehrenplatz und ließ sich, je nach Ehegattin, von Katherine Howard den roten Bart kraulen oder von Katherine Parr Punsch hinter die mächtigen Kinnladen löffeln.

Beiläufig begrüßte der König seine Cousine Frances und winkte, bevor er sie wieder vergaß, ihren Töchtern mit einem generösen Wink seiner fleischigen Finger zu, an denen Bratenfett und Saphirringe glänzten. Dann wandte er sich dem königlichen Lendenstück zu, von dem der gigantische erste Anschnitt natürlich auf seinem Teller gelandet war.

Prinz Edward, der damals noch seinen rosigen Babyspeck hatte, wirbelte koboldhaft in goldverbrämtem Schneeweiß oder perlenbesticktem Purpur herum, bemüht, seine Altersgenossen Ambrose und Robert Dudley sowie seinen Spielgefährten und Prügelknaben Barnaby Fitzgerald im Kegelspiel zu schlagen. Gerührt sahen ihm seine Schwestern zu, die aus Wales bzw. Ashridge oder Hatfield angereist waren. Mary verblüffte durch ihren Kleinwuchs - sie schien beinahe so winzig wie die Zwergin Mary Grey zu sein - sowie ihre tiefe männliche Stimme; im Kontrast dazu beeindruckte Elizabeth mit ihrer gertenschlanken Amazonenstatur, die sie unter reformatorischen Kleidern von betonter Schlichtheit herunterzuspielen zu. Beide Schwestern strahlten beste Laune aus, so als mache es ihnen nicht das Geringste aus, dass ihr Vater sie nach der Geburt seines einzigen Sohnes ins Bastardentum zurückgestuft hatte. Im Schach fliegt jeder einmal vom Spielbrett: Wer gerade an der Reihe ist, da entscheidet allein Gott der Herr.

6

Nach dem Ableben seines Vaters im Januar 1547 - der von Gicht und Geschwüren zerfressene, aufgeschwemmte Leib des vierundfünfzigjährigen Herrschers wehrte sich zäh gegen den Tod - war Edward König von England. Er widmete sich diesem Amt mit dem vollen Ernst eines Neunjährigen. Zur Seite stand ihm der Kronrat, mit an der Spitze seinem Onkel Edward Seymour, Herzog von Somerset.

Der Regent, der den Titel eines Lord Protectors annahm, hatte jetzt die Vollmacht, getreu dem „Book of Common Prayer", dessen treibende Kraft Erzbischof Thomas Cranmer war, die Reformation in vollem Umfang durchzusetzen.

Kerzen, Latein und Heiligenbilder verschwanden aus den Kirchen, die Geistlichen amtierten in asketischem Schwarz, und bei der Wandlung - die Hostie wurde nicht mehr emporgehoben - durfte man keinesfalls niederknien.

In frappierendem Gegensatz zu der neuen evangelischen Gottesfürchtigkeit stand „Somerset House", die Residenz, die der Lord Protector sich mit dem Prunk eines venezianischen Palazzos an den Ufern der Themse ausbauen ließ. Für sich selber gab Edward Seymour Unsummen aus, seinen königlichen Neffen hielt er knapp bei Kasse. Da aber selbst Könige, auch wenn sie noch minderjährig sind und keine hohen Ansprüche stellen, ein kleines Taschengeld brauchen, war Edward froh, wenn ihm sein jüngerer Onkel Thomas ab und zu etwas zusteckte.

Thomas Seymour, der den Rang eines Lord High Admiral innehatte, war ein lustiges Blut und mit seiner schönen,

athletischen Statur und seinem stattlichen roten Vollbart, der ihm über die männlich gewölbte Brust wallte, sehr beliebt bei der Damenwelt. So hatte er das Herz von Katherine Parr gewonnen, noch ehe sie Henrys letzte Gattin wurde. Wenige Monate nach dem Tod des

Königs heirateten die beiden und ließen sich in einem

schlossartigen Haus in Chelsea nieder.

Die rasche Wiedervermählung der Königswitwe löste

allgemeines Missfallen aus. Sogar Prinzessin Mary, die

sich sonst zurückhielt, übte Kritik. Noch empörter war

unsere Stiefgroßmutter Katherine Brandon, die Herzogin

von Suffolk. Grund dazu hatte sie kaum, war sie doch im

Alter von kaum vierzehn Jahren von unserem maßlos

vernarrten Großvater geheiratet worden, der sie damit

nach dem Tod unserer Großmutter zu seiner zweiten Gattin

machte.

Mit König Edwards Thronbesteigung schienen wir der

Krone noch ein Stück näher gekommen zu sein. Wir hielten

glänzend Hof, führten unsere Gäste durch die mit

Wappen und Ahnenbildern geschmückte große Halle,

die Hauskapelle, den nach der letzten Mode neu angelegten

Park. Etwas Mühe kostete es freilich, den Besuchern zu er-

klären, dass das hier herumwatschelnde unförmige Ge-

schöpf nicht unsere Hofnärrin, sondern die jüngste Tochter

der Greys war.

König Edward sah ich nur selten, etwa wenn ich in eins

seiner Schlösser geladen war und, mit meinen Cousinen

Clifford oder Clinton und Jane Dormer, einer von Edwards

Kindheitsgefährtinnen, auf Schemeln hockend mit ihm Karten spielen durfte.

Elizabeth hatte man aufs Land verfrachtet. Niemand konnte mit der kühlen Blondine etwas anfangen. Bereits ihre Mutter Anne Boleyn hatte als schnippisch und hochnäsig gegolten (ihre scharfe Zunge war allgemein gefürchtet), und viele erinnerten sich noch daran, dass Elizabeth für illegitim erklärt worden war, weil ihre Mutter wegen vermeintlichen Ehebruchs mit sechs Männern (darunter ihrem eigenen Bruder) ihren Kopf verloren hatte.

Sowieso, Elizabeth war nicht die Tochter von Henry VIII., sondern von Mark Smeaton, dem Musiker, den Anne Boleyn in ihrem Konfitürenschrank versteckte, wenn sie seiner Dienste bedarf. Das hat mir einmal meine Cousine Mary anvertraut, die dies in vollem Ernst zu glauben schien.

Mary war immer sehr gütig zu mir. Sie schenkte mir Kleider aus fließendem Brokat und Satin, die mit Perlen und Stickereien überschüttet waren. Als ich mich genierte, diese herrlichen Gewänder anzulegen, drängten meine Eltern mich zu dazu, weil man Lady Mary ja nicht kränken wollte.

Des Öfteren waren wir auf Beaulieu, dem Norfolker Gut von Lady Mary, zu Gast. Sie bewirtete uns mit Sherry und Feigen, die ihr Vetter, Kaiser Karl V., ihr geschickt hatte, und spielte uns auf der Laute vor. Ihr zuhörend, musste ich mir eingestehen, dass gegen diese Künste mein eigenes musikalisches Talent bescheiden war.

Sehr wohl fühlte ich mich allerdings nicht auf Beaulieu, wo alles von Weihrauch durchdrungen war. Mary hatte kein leichtes Leben gehabt. Zuerst bedrängte sie ihr Vater, seine Scheidung von ihrer Mutter und damit ihre eigene Illegitimität anzuerkennen. Jetzt, unter der Herrschaft ihres Halbbruders, setzte sie der Kronrat unter Druck, vom römischen Götzendienst zu lassen. Man verhaftete ihre Hauskapläne, beschlagnahmte ihre Gebetbücher und gebot ihr, ausschließlich in ihrer Schlosskapelle Messen abzuhalten, von denen sie anscheinend mindestens sechs am Tag brauchte.

All dem widersetzte sich Mary mit einer Hartnäckigkeit, die man in diesem unscheinbaren Wesen nicht vermutet hatte. Aber mit ihrem spanischen Blut war sie eine Kämpferin und, wie ich selbst, eine Rebellin.

Natürlich war unser Kampf nicht derselbe. Einmal warf ich einen Blick in die Hauskapelle von Beaulieu, als eine von Marys Damen, Anne Wharton, hinter mir hereintrat und vor der Monstranz, die auf dem Alter stand, niederkniete und sich bekreuzigte. „Ist denn Lady Mary hier?", fragte ich vorlaut.

Anne Wharton sah mich vorwurfsvoll an und sagte: „Nein, ich knie vor dem, der uns alle erschaffen hat."

Darauf ich: „Wie kann der, der uns alle erschaffen hat, da sein, wenn ihn der Bäcker gemacht hat?"

Dies wurde anscheinend Mary hinterbracht, und seitdem war ich ein Stück in ihrer Achtung gesunken.

7

Zweitausend Pfund: Das war der Betrag, für den meine Eltern mich an Thomas Seymour verkauften. Seine Argumente waren einleuchtend: Er stand dem König nahe und war zuversichtlich, dass er ihn dazu bewegen konnte, mich, seine Lieblingscousine, zu heiraten.

Königin von England, das überstieg die kühnsten und ehrgeizigsten Pläne meiner Eltern. Sie konnten einfach nicht nein sagen, und mich fragte man sowieso nicht nach meiner Meinung.

So kam es, dass ich im Frühjahr 1548 in den Palast von Chelsea einzog. Ein herrliches Anwesen, mit Platz für die annähernd zweihundert Personen, mit denen sich der Großadmiral und seine Gattin umgaben. Nach Rosenwasser und arabischen Essenzen duftend, schwebte die gütige, elegante und hochgebildete einstige Königin durch die unzähligen Hallen und Korridore von Seymour Place. Mit dem flotten, draufgängerischen Tom an ihrer Seite fühlte sie sich verständlicherweise wohler als mit ihrem früheren Ehemann, für den sie in erster Linie Krankenpflegerin gewesen war. Dass sie ihm bei theologischen Erörterungen überlegen war, hatte der alternde König nur ungern zur Kenntnis genommen. Ja, als sie im Verlauf eins dieser Gespräche die besseren Argumente hatte, schickte er nach seiner Leibgarde, um sie in den Tower bringen zu lassen. Nur in letzter Minute und unter geschicktem Schmeicheln und Kosen vermochte Katherine die Gefahr zu bannen, indem sie dem ihr großmütig Verzeihenden versicherte, dass der begrenzte Verstand eines törichten Weibes sich letzten Endes doch männlicher Allwissenheit zu fügen hat.

Katherine liebte die Musik und hielt sich eine von den Brüdern Bassano geleitete Kapelle, der wir mit großem Genuss zuhörten. Es gab Feste und Maskeraden, und mit dem Schiff war es nicht weit nach Richmond oder Greenwich, wo Edward residierte, oder nach Somerset House, dem Sitz des Lord Protectors. Leicht erreichbar waren auch Dorset House, wo meine Eltern wohnten, und das frühere Kartäuserkloster, das König Edward ihnen geschenkt hatte. Gern hielt ich mich allerdings nicht in Sheen auf: Der Bau war ein verwitterter, moosbedeckter Steinkasten, wo zwischen altem Gerümpel das Mausoleum von König James von Schottland verfiel und man überall die Gespenster der Vergangenheit herumgeistern zu sehen vermeinte.

Lieber erging ich mich in den Gärten von Chelsea. Im Frühling standen die Kirsch- und Pfirsichbäume in voller Blüte, im Sommer badeten die Beete im warmen, weichen

Wohlgeruch der Damaszenerrosen, die etwas später von Lavendel und Rosmarin abgelöst wurden. Ein schönes Leben, leicht und locker und frei von den Zwängen der elterlichen Bevormundung. Meine Lehrer, die Herren Grindal, Harding und Aylmer, schimpften nicht, wenn ich nicht wusste, wo der Avon entspringt oder wer der letzte König von Rom gewesen war.

Meine Unterrichtsstunden teilte Elizabeth, die ebenfalls in Chelsea Aufnahme gefunden hatte. Sie war mittlerweile fünfzehn und sehr auf Würde bedacht. An einer vier Jahre jüngeren Streberin war sie nicht interessiert, zumal wenn diese sie in Griechisch und Theologie ausstach. Dennoch vergrub auch sie sich bevorzugt hinter Büchern, und an den Themseufern ging es jetzt ein wenig zu wie an einer Universität, wo zwei bienenfleißige Mädchen, denen ja die offiziellen Hörsäle verschlossen waren, unermüdlich den Honigseim der Gelehrsamkeit schöpften.

8

Der Skandal hatte jedermann überrumpelt. In Chelsea wurde gemunkelt, der Lord Admiral nehme sich gewisse Freiheiten mit seinem Mündel Elizabeth heraus. Wie weit die gingen, das war zunächst nicht abzusehen. Ich selbst hatte einmal in den Gärten beobachtet, wie Katherine Parr ihre Stieftochter lachend festhielt, während ihr Gatte dieser mit einer Schere das Kleid zerschnitt.

Ein albernes Spiel, das aber bald noch groteskere Züge annehmen sollte. Während Königin Katherine ihre Morgentoilette machte, erschien Thomas Seymour in Elizabeths Schlafzimmer. Lag sie noch im Bett, zog er die Decke zurück, kitzelte und tätschelte sie und berührte dabei Körperteile, die ein beinahe fünfzig Jahre alter Mann nicht bei einer Fünfzehnjährigen berühren sollte.

Dass er dabei nur sein Nachthemd und seine Pantoffeln anhatte, verharmloste die Geschichte nicht gerade. War Elizabeth anfänglich verwirrt und wehrte die Annäherungsversuche ab, so gut sie konnte, so schien es ihrem Selbstbewusstsein doch zu schmeicheln, dass ihr Stiefvater ihr so viel Interesse zeigte. Ich fragte Elizabeth, was der Lord Admiral denn eigentlich von ihr wolle. Sie warf mir einen ungnädigen Blick zu und sagte: „Das verstehst du erst, wenn du größer bist."

Elizabeths Gouvernante Kate Astley machte Katherine Parr auf das unziemliche Verhalten aufmerksam. Katherine, im sechsten Monat schwanger, ertappte das Paar eines Morgens in flagranti. Sie machte ihrem Gatten, der beteuerte, dass dies doch nur im Scherz gemeint sei, Vorhaltungen, und man schickte Elizabeth mit ihrem Lehrer Asham ins nahe Cheshunt.

Für Katherine war es ihre vierte Ehe, aber ihre erste Niederkunft. Da sie bereits sechsundddreißig war, wurde sie ziemlich nervös. Sie beschloss, ihr Kind auf Sudeley Castle, dem Landsitz ihres Mannes, zu bekommen, und ich durfte die beiden begleiten. Meinem Vater hatte Seymour einen großzügigen Kredit gewährt, damit er mich weiterhin in seiner Obhut behalten durfte.

Sudeley liegt in den Cotswolds, und dort weht auch im Juni noch ein kühler Wind. Dennoch genoss ich den Aufenthalt in der hügeligen, waldreichen Gegend. Die vergoldete Wiege der Kinderstube richtete der werdende Vater voll Stolz mit Seidenkissen und scharlachroten Taftvorhängen aus. Katherine Seymour wurde am 30. August 1548 von einer Tochter, Mary, entbunden. Von der schweren Geburt erholte sie sich nicht. Im Kindbettfieber begann sie zu phantasieren und warf dabei ihrem Gatten vor, ein böses Spiel mit ihr getrieben zu haben. Als dann der Geistliche kam, um ihr den letzten Trost zu spenden, wich das Delirium, und sie nahm ausgesöhnt Abschied von Thomas Seymour.

Der war wie am Boden zerstört, ich selbst beweinte eine Ziehmutter, die zärtlicher und fürsorglicher als meine eigene gewesen war.

Obwohl erst elf Jahre alt, versah ich das Amt der Haupttrauernden, als Katherine Parr in einer feierlichen Zeremonie in der Schlosskapelle zu Grab getragen wurde. Ein allzu kurzes Idyll war zu Ende, ich kehrte nach Bradgate zurück.

9

Natürlich war ich nicht sehr erfreut, erneut unter der Fuchtel meiner Eltern zu stehen. Wieder war mein tägliches Pensum in aller Frühe aufstehen, vor Seiner Lordschaft und Ihrer Ladyschaft niederknien, ihren Segen empfangen und dann meine Lektion aufsagen. Wehe, wenn ein italienisches oder griechisches Praeteritum nicht stimmte oder eine Haarlocke schief unter der Haube hervorguckte: dann folgte eine harsche Zurechtweisung, die meistens die Form einer Züchtigung annahm.

Verdruss bereiteten mir auch meine Schwestern, die beide noch völlig in kindlichem Unterfangen verhaftet waren. Eines Tages saß ich im Studierzimmer und hoffte, mich ungestört auf Plato konzentrieren zu können. Schon stürmten sie herein, laut und ungebärdig, ihre Menagerie im Schlepptau.

„Kommst du mit uns spielen?", plärrte Mary, während Katherines Möpse in meinen Röcken wuselten. Hilflos suchte ich, den *Phaedo* retten. Schon hatte Sulky, die schreckliche Meerkatze, meine Grammatik an sich gerissen und turnte damit auf den Regalen herum.

„Nimm ihm das weg!", kreischte ich schier hysterisch und konnte das Buch gerade noch in Sicherheit bringen, bevor Sulky es in Fetzen gerissen hatte. „Wenn du das Biest nicht zurückrufst, schneide ich ihm den Schwanz ab!"

„Immer nur Bücher", maulte Katherine. „Es gibt doch noch andere Dinge im Leben."

Marys viereckiges, mit Marmelade beschmiertes Gesicht hob sich über die Kante des Schreibtisches. „Nur weil du glaubst, dass der König dich heiraten will …"

„Halt den Mund!" Energisch schubste ich die zwei aus dem Zimmer. „Geh lieber in den Garten und schaut, ob es schon Erdbeeren gibt. Aber, um Christi willen, verschwindet!"

Ich ärgerte mich noch, dass ich den Namen des Herrn ungebührlich in den Mund genommen hatte, als Besuch gemeldet wurde.

Es war Roger Ascham, der auf dem Weg von Cambridge zu seiner neuen Dienststelle in Flandern war. Sein Verhältnis zu Elizabeth war, aus welchen Gründen auch immer, deutlich abgekühlt, und so hatte er sich nach einer neuen Beschäftigung umgeschaut. Meine Beziehungen nutzend, hatte ich ihm ein Empfehlungsschreiben an Richard Morrison, Englands neuen Botschafter am Hofe Karls V., ausgestellt. Ascham hatte das Amt bekommen, und jetzt wollte er sich bei mir bedanken.

Seine erste Frage betraf meine Eltern. Sie seien auf der Jagd, sagte ich. Und warum ich nicht mit dabei sei?

„Ihr Vergnügen ist nur ein Schatten im Vergleich zu dem, das ich aus meinem Buch beziehe."

„Platons *Phaido*. Das ist doch eine recht ungewöhnliche Lektüre für eine junge Dame von zwölf Jahren."

„Nun, Meister Ascham, ich will Euch etwas verraten, was Euch vielleicht erstaunen wird. Gott in seiner Gnade hat mir einen gütigen Schulmeister, aber auch strenge Eltern gegeben. Was ich auch tue - ob ich rede oder schweige, sitze oder stehe, esse oder trinke, nähe, tanze oder sonst etwas tue

-, immer muss das so vollkommen sein, wie Gott die Welt erschuf. Im anderen Fall setzt es scharfe Rügen, wenn nicht Ohrfeigen, Nasenstüber, Knüffe oder noch schlimmere Dinge, die ich um der Ehre meiner Eltern willen nicht erwähnen will. Das ist eine wahre Hölle für mich – bis zu dem Augenblick, wo ich zu Master Aylmer darf, der mich mit solcher Güte und Sanftheit unterrichtet, dass alles andere nicht mehr zählt."

Ascham blickte nachdenklich. „Das ist schlimm. Ihr wisst, my Lady, dass ich gegen jeden Zwang in der Erziehung bin.

Aber Gottes Gesetz ist nun einmal, dass ein Kind seinen Eltern zu gehorchen hat."

„Ja", sagte ich mit einem Seufzer, „das ist Gottes Gesetz. Ach, darf ich Euch einen Honigwein anbieten, verehrter Meister?"

Sicher hatte ich übertrieben, aber es war etwas aus mir herausgerutscht, das allzu lange in mir gebohrt hatte. Später, als nach der Rückkehr der Jagdgesellschaft alle bei Tisch saßen - auch Bess of Hardwick, eine Freundin und Gesellschaftsdame meiner Mutter, sowie Aschams Frau Alice und die Astleys, die nach der Auflösung von Elizabeths Haushalt bei uns wohnten, waren zugegen - , genossen wir den Hofklatsch, den der gelehrte Herr genussvoll (und nicht ganz frei von nachtragenden Gefühlen) vor uns ausbreitete.

„Ja, Lady Elizabeths Ruf scheint endgültig dahin zu sein. Der Lord Admiral soll ihr einen Brief geschrieben haben, in dem er sie fragt, ob - mit Verlaub gesagt - ihr Hintern noch dicker geworden ist."

„Nein!", prustete Bess of Hardwick, mit schiefäugigem Lauern über ihren Teller gebeugt. „Wenn das nicht die große Liebe ist! Aber solange es bloß ihr Allerwertester ist, der dicker wird ..."

„Das sind doch wohl nur wilde Gerüchte", murmelte meine wie immer über die Reputation der Familie wachende Mutter. Kate Astley verteidigte ihre frühere Herrin: „Lady Elizabeth würde sich nie so weit vergessen. Und ein Seymour wär gewiss nicht die geeignete Partie für sie."

„Sie kommen aus irgendeinem Nest in Wiltshire, das sich *Wolf Hall* nennt", feixte mein Vater. „Ihr Vater war Sheriff oder irgendwas in der Richtung. Ganz gewiss nicht das Gelbe vom Ei."

„Nein", sagte meine Mutter. „Das hätte König Henry nie zugelassen."

„Und wo Königin Katherine doch erst seit einem halben Jahr unter der Erde liegt", gab John Astley mit dem Gesicht einer wütenden Bulldogge zu bedenken.

„Dauernd soll er über seinen Bruder herfallen", wusste Bess of Hardwick zu berichten. „Wirft ihm vor, dass er mehr Zeit mit seinem Architekten als mit seinen Ministern verbringt – woran ja wohl etwas Wahres ist. Anscheinend will er sogar das Protektorat von dem Vorsitz des Regentschaftsrates trennen."

„Ja, nur um noch mehr Einfluss auf den König zu gewinnen", sagte Ascham, dessen Augen, da Vater ihm generös ausschenkte, bereits weinselig funkelten.

„Thomas Seymour schreckt vor nichts zurück", trumpfte die Hardwick auf. „Der kriecht dem König so lange in den Arsch, bis er ihn zum Regenten macht."

Für meine Mutter war das Fass jetzt übergelaufen. Gebietend hob sie ihren gefürchteten Ringfinger. „Jane, Katherine, es ist Zeit zum Schlafengehen. Sagt gute Nacht und zieht euch zurück."

Widerreden waren zwecklos. Als perfekt abgerichtete Haustiere verließen die Grey-Schwestern den Raum.

11

Thomas Seymour kannte keine Grenzen mehr. Offen brüstete er sich nicht nur damit, dass ihm der junge König „ aus der Hand fraß", angeblich konnte dessen Schwester Elizabeth es auch gar nicht abwarten, ihn zum Mann zu nehmen. Als der Kronrat die Prinzessin befragte, hielt sie sich aus allem heraus. Auch das Kreuzverhör, dem man das Ehepaar Astley unterzog, brachte kein Licht in die Sache.

Dann ging Thomas Seymour noch einen Schritt weiter. Mit einem nachgemachten Schlüssel verschaffte er sich Zugang zu König Edwards Schlafgemächern in Hampton Court. Er scheuchte den Jungen aus seinem Bett und, als der Widerspruch erhob, erschoss er seinen Schoßhund mit seiner Pistole. Dies trug ihm Edward sehr nach, und er beklagte sich bitter beim Lord Protector. Der meinte, der König sei nicht mehr sicher in Hampton Court, und brachte ihn nach Windsor. In dem zugigen alten Gemäuer gefiel es Edward ganz und gar nicht. In seiner Verstimmung ließ er es zu, dass sein jüngerer Onkel unter Anklage gestellt wurde. Thomas Seymour kam in den Tower und wurde der versuchten Entführung des Königs und der Verführung seiner Schwester für schuldig gesprochen.

Edward Seymour hatte die Geduld verloren, und sein Bruder verlor seinen Kopf. Vergeblich schrieb er mit einer

Nadel, die er sich aus dem Hosenbund gezogen hatte, flehende Hilfegesuche an die Prinzessinnen Mary und Elizabeth. Deren einziger Kommentar zum Sturz ihres übereifrigen Verehrers lautete: „Hier starb ein Mann, der viel Witz, aber sehr wenig Verstand hatte."

Aber auch Edward Seymours Tage waren gezählt. Durch seine Arroganz und seinen aufwendigen Lebensstil hatte er sich viele Feinde gemacht. Der ehrgeizigste davon war ohne Zweifel John Dudley, Viscount Lisle und Earl of Warwick. Liebevoller Vater und dreizehn Kindern (davon fünf Söhnen) und skrupelloser Intrigant, verdrängte er den Lord Protector aus dem Regentschaftsrat, zu dessen Vorsitz er sich hartnäckig vorarbeitete. Bald hatte er den jungen König so in seiner Hand, dass er als Diktator unumschränkt walten durfte. Unbewegt nahm Edward es hin, dass nach seinem jüngeren Onkel auch Edward Seymour eingekerkert, verurteilt und enthauptet wurde.

In all dem hielt sich Elizabeth bedeckt, indem sie sich unsichtbar machte. Ich vermochte das nicht. Ich war in eines grausamen Vogelstellers Netz gegangen, dessen Maschen sich immer enger zusammenzogen.

12

Edward VI. war nur mehr ein Schatten seiner selbst. Aus dem an allem interessierten Knaben mit der frischen Gesichtsfarbe und den rundlichen roten Backen war ein fahler, magerer Jüngling geworden, dem jede Lebensfreude zu fehlen schien. Dudley suchte ihn mit Reiterspielen, Turnieren und anderen Lustbarkeiten zu zerstreuen, Edward aber vermochte an nichts mehr aktiven Anteil zu nehmen. Zwar bemühte er sich, bei seinen offiziellen Auftritten eine gute Figur zu machen, indem er sich wie sein Vater breitbeinig hinpflanzte, die Hände in die Hüften gestützt, und grimmig in die Welt schaute. Gesundheitlich aber verfiel er immer mehr. Die Erkältungen, die ihn in jedem Winter heimsuchten, hatten einen Husten hinterlassen, der ihn sehr quälte.

Die besorgte Prinzessin Mary suchte zu ihm vorzudringen, wurde aber von Dudley abgewimmelt. Mary ließ sich jedoch nicht entmutigen. Mit einem Gefolge von über hundert Edelmännern und -frauen, die über feierlichem schwarzen Samt demonstrativ Rosenkränze trugen, ritt sie in London ein. Ihrer Gefolgschaft hatte sich eine dichte Volksmenge angeschlossen, die der Tochter Henrys VIII. begeistert zujubelte. Der König empfing sie in Whitehall mit allen Peers des Reiches. Während Mary ihre Erschütterung über das schlechte Aussehen ihres Bruders kaum unterdrücken konnte, machte der ihr pflichtschuldig Vorhaltungen, dass sie noch immer am römischen Götzendienst festhielt.

Dem hielt Mary entgegen, dass der Protector Seymour ihr zugesichert habe, sie dürfe in ihren privaten Räumen Messen lesen lassen.

Als Seymours Name fiel, verzog Dudley sein Gesicht, und Nicholas Ridley, der Bischof von London, nutzte die Gelegenheit, um die Prinzessin darauf hinzuweisen, dass in England kein anderes Gebetbuch als das „Book of Common Prayer" gelte. Wer sich nicht an dieses Gebot hielte, mache sich der Häresie und des Ungehorsams gegenüber dem König schuldig.

Nun, beharrte Mary - was ihre Widersacher natürlich noch mehr in Rage brachte -, der König sei noch minderjährig, und so seien die neuen Bestimmungen vorläufig nicht rechtsgültig. Dann wandte sie sich direkt an ihren Bruder und bat ihn, die Sache ruhen zu lassen, bis er das nötige Alter und die Reife erlangt hätte, in religiösen Angelegenheit eine Entscheidung zu treffen.

Als Edward sie kalt ansah, fügte sie hinzu: „Unser Vater hätte das nicht gewollt. Er wünschte, dass täglich zwei Messen für sein Seelenheil gelesen werden, und daran habt ihr alle euch nicht gehalten. Im Übrigen bin ich zu alt, um jetzt noch meinen Glauben zu ändern."

„Niemand ist zu alt, um etwas hinzuzulernen", sagte Edward.

Mary entgegnete: „Es gibt zwei Dinge, Leib und Seele. Meine Seele gehört Gott, mein Leb steht dem König zur Verfügung: Möge er mir das Leben nehmen, aber meinen Glauben soll er mir lassen."

Nach diesen Worten brach sie in Tränen aus. Edward folgte ihrem Beispiel, und eine Weile sah der betretene Rat zu, wie Bruder und Schwester haltlos vor sich hinweinten.

Nachdem sie sich gefasst hatte, flehte Mary Edward an, niemandem Glauben zu schenken, der sie in seinen Augen als schlechte Untertanin abstempeln wollte, denn sie würde immer Ihrer Majestät demütige und gehorsame Schwester bleiben.

Am Tag nach Marys Besuch stellte Kaiser Karl V. durch seinen Botschafter Jehan Scheyfve dem Kronrat ein Ultimatum: Sollte seiner Base Mary untersagt werden, der heiligen Messe beizuwohnen, würde er England den Krieg erklären und durch seine Schwester, die Königin von Ungarn und Statthalterin der Niederlande, unverzüglich von Flandern aus Truppen in England einmarschieren lassen.

Dass der Kaiser Mary bei einer Flucht helfen würde und zu diesem Zweck bereits ein spanisches Geschwader im Ärmelkanal kreuzte, war allen bewusst. Allerdings war mein Vater, der mir all dies berichtete, sicher, dass der Kronrat es nicht so weit kommen lasse würde und die Staatsräson die

Überhand über Edwards und Marys religiöse Gewissens-
nöte behalten würde.

13

Auch mir ging es gesundheitlich nicht sehr gut. Das
mochte mit dem Druck zusammenhängen, den mir meine
bevorstehende Vermählung auferlegte. Ich litt unter Kopfweh, Verdauungsproblemen, schmerzhaften Monatsblutun-
gen. Um mich auf andere Gedanken zu bringen, nahm mich
Mutter nach Syon mit, dem Palast, der unserer Familie nach
dem Sturz Edward Seymours zugefallen war.

Die Fahrt von Suffolk Place (wie Dorset House nach der
Ernennung unseres Vaters zum Herzog von Suffolk hieß)
legten wir in einer Barke zurück. Vor meinen noch von der
Migräne flimmernden Augen zogen die mit vorfrühlings-
hafter Zögerlichkeit aufblühenden Ufer der Themse wie ein
flatternder grüner Vorhang vorbei. Dann türmte sich die
frühere Abtei in ihrer wuchtigen Masse vor uns auf. In den

endlosen Korridoren roch es nach Schimmel und Verwesung. Es war, als wimmerten die Klagen der von Henry VIII. vertriebenen Nonnen als Nachhall unserer scheu vordringenden Schritte durch die Kreuzgänge. Beklemmung erfasste uns alle, nur Vater pries die architektonische Kühnheit des sakralen Baus.

Katherine wand sich wie ein auf dem Trockenen gestrandeter Aal und flüsterte: „Hier ist es gar nicht schön. Lasst uns zurückgehen."

„Gleich" sagte meine Mutter. „Ich will nur noch die Bilder in der Halle sehen."

Unsere zaghaften Schritte echoten durch die große Halle, die einst das Refektorium der Birgittinnen gewesen war. Während Katherine und Mary zappelten und ich mühsam meine Übelkeit bekämpfte, vertiefte sich Mutter in ein Porträt ihrer Urgroßmutter Elizabeth von York. Ihre Fuchsaugen weiteten sich. „Schaut, das ist meine Mutter, die Königin Mary. Sieht sie mir nicht verblüffend ähnlich?"

Zögernd stimmten wir zu, obwohl Mutters männlich starke Züge eher denen ihres Vetters König Henry glichen.

Nur Vater meinte: „Ich denke, Katherine kommt noch am meisten nach ihrer Großmutter. Aber sie ist ja auch unsere Schönste, oder nicht?"

Das mussten auch die beiden unansehnlicheren der Grey-Schwestern neidlos zugeben. Wir standen noch in stiller Bewunderung vor dem Gemälde unserer königlichen Ahnin mit ihren vier Töchtern, als ein lautes hässliches Geräusch von splitterndem Holz ertönte. Im selben Moment durchschlug eine von einer blutigen Männerhand gehaltene Axt die Holztäfelung neben dem Bild.

„Vorsicht, Kinder!" Wir schreckten zurück, und vor unseren entsetzten Augen durchbrach ein Mann in einer dunklen Kutte die Wand und schwang uns die Axt entgegen. Irrsinn schrie aus den groß aufgerissenen Augen, um die wirres graues Haar fiel. „Rache - Rache für die Birgitter", stammelte er durch seine Zahnstummel.

„Kinder, zurück!", rief unser Vater, zog seinen Degen und schlug damit die ihn bedrohende Axt zurück. Während Mutter mit uns Mädchen zum Ausgang der Halle flüchtete, kamen die Bediensteten uns zu Hilfe. Keinen Augenblick zu früh, denn der Irrsinnige focht wie ein Teufel. Unter dem Säbelhagel, der auf ihn eindrosch, sank er zu Boden, seufzte noch einmal laut und gab den Geist auf.

Meine Schwestern und ich wollten schreckerfüllt das Weite suchen, Mutter aber bestand darauf, dass wir uns den Leichnam ansahen, der, von unzähligen Messer- und Degenhieben durchbohrt, blutend am Boden lag. Mund und Augen waren noch immer weit aufgerissen, das Gesicht in einer dämonischen Grimasse verzerrt. Die bedrohliche Axt lag neben der Leiche.

Mein Vater und einige seiner Männer kamen von der Inspektion des Loches, den der Unheimliche durch die Wand geschlagen hatte, zurück. „Hinter der Wand ist ein langer geheimer Gang", berichtete er. „Er dürfte zu dem Männerkloster führen, das bekanntlich durch unterirdische Gänge mit dem Frauenkonvent verbunden war. Vielleicht geht er sogar bis zum Kloster von Sheen, das ja ganz in der Nähe ist."

Die Untersuchungen ergaben, dass der Mann wahrscheinlich ein früherer Mönch der Abtei von Syon (oder der

Kartause von Sheen) war, der sich all die Jahre im verfallenen Klostergelände herumgetrieben hatte und jetzt durch den Geheimgang bis in die große Halle vorgedrungen war, um sich an den Tudors für das an seiner Gemeinschaft begangene Unrecht zu rächen.

Der Groll über die Auflösung der Klöster und die Vertreibung ihrer Insassen hatte wohl siebzehn Jahre in dem Unglücklichen gewütet. Wahrscheinlich gehörte er zu dem Umkreis der Mönche, die ihre Weigerung, König Henry als Oberhaupt der von Rom getrennten anglikanischen Kirche anzuerkennen, mit einem schrecklichen Tod bezahlen mussten: Nachdem sie im Tower tagelang angekettet im Freien hatten stehen müssen, wurden sie bis zur Beinahe-Bewusstlosigkeit gehenkt, dann entmannt, ausgeweidet, enthauptet und in Stücke gehackt. All dies sicher ein ausreichender Grund, einen in den Wahnsinn zu treiben.

Für uns war der Vorfall ein finsteres Omen, und wir brauchten lange, bevor wir den Schock überwunden hatten.

14

Der Festsaal von Durham House prunkte in Purpurvor-
hängen und türkischen Teppichen, denn an diesem Pfingst-
sonntag des Jahres 1553 wurden drei Hochzeiten gefeiert:
Jane Grey heiratete Guildford Dudley, dessen Schwester
Catherine Henry Hastings, den Erben des Earl of Huntingdon, und Katherine Grey Henry Herbert, den Sohn des Earl
of Pembroke.

Die Brautpaare saßen steif in Gold- und Silberbrokat,
der von Perlen und Diamanten blitzte, der Brautvater
Henry Grey thronte selbstherrlich unter seinem Wappentier,
dem Einhorn. König Edward, der sich krankheitshalber entschuldigen ließ, hatte Geschmeide, Silbergefäße und weitere
kostbare Geschenke geschickt. Gaukler und Spielleute such-
ten uns zu zerstreuen, aber angesichts meiner inneren Unruhe konnte ich ihren Possen keinen Geschmack abgewin-
nen. Obwohl er blass und angespannt aussah, sprach der
neben mir sitzende Guildford unverdrossen Bier und Wein
zu. Auch Catherine Dudley und Henry Hastings strahlten

nicht eben Freude aus. Nur meine Schwester Katherine schäkerte ziemlich ungeniert mit ihrem Bräutigam. Beinahe hätte ich sie beneidet, doch, so sagte ich mir, während ich tiefer in meine glitzernde Robe versank, es ist wohl christlicher, der Kleinen ihr Glück zu gönnen.

„Können die Hochzeitsnacht wohl nicht abwarten", grinst Vater, John Dudley zuprostend. Der kneift seinen hässlichen Mund zusammen und stiert in seinen Wein. „Sie sind zu jung. Sie müssen ihre Stunde abwarten, und einstweilen werden die jungen Leute getrennte Schlafzimmer beziehen."

Ob das wohl auch für mich gilt? Aber dieses Glück werde ich wohl nicht haben. Ich blicke zu meinem mir eben angetrauten Herrn und Ehemann, dessen hübsches Gesicht sich ins Gelbliche verfärbt hat. Ich fühle mich bemüßigt, ihn zu fragen: „My Lord, ist Euch nicht gut?", doch er weist mich mit einer Geste des Unmuts ab.

Von verschleierten Nymphen umtollt, beginnt der als Hymen aufgetakelte Schauspieler abgeschmackte Plattitüden über den Ehestand von sich zu geben. Ich wische mir den Mund ab und sehe, dass Guildford von seinem Stuhl gesunken ist und sich in Krämpfen am Boden windet. Einen Augenblick später wankt Henry Herbert hoch und erbricht sich auf den Orientteppich.

Die verstörte Hochzeitsgesellschaft, allen voran Guildfords Mutter, kümmert sich um die unpässlichen Bräutigame. Wie es scheint, hat der Koch, der seinem Handwerk wenig Ehre macht, verdorbenen Salat aufgetischt. Den geben die beiden jungen Männer jetzt so lange zurück, bis grüne Galle kommt. Alle schauen betroffen zu, nur die unmögliche Mary lacht schadenfroh ins Tischtuch.

Niemand hat mit einer solchen Katastrophe gerechnet. Die Brautväter fluchen, die Herzogin von Northumberland ringt die Hände, Jane Grey darf mit ihrer Mutter nach Suffolk Place zurück, Katherine begibt sich zum Sitz ihrer Schwiegereltern, Baynard Castle, um ihren sterbenskranken Herbert zu verarzten und in ihrem einsamen Schlafzimmer bittere Tränen zu vergießen.

15

Da liege ich in dem viel zu großen Bett, unter einem violett gepolsterten Baldachin, von dem dicke Quasten und Troddeln baumeln. Die Tierköpfe in den Holzschnitzereien grinsen mich an, finster blickt aus einem Konterfei Edmund Dudley, der wegen Hochverrats hingerichtete Großvater meines Mannes, auf mich herab.

Die Mägde haben mich vieldeutig lächelnd mit einem flackernden Kerzenhalter zurückgelassen. Die übers Bett verstreuten Lavendelsäckchen zur Seite schiebend, ducke ich mich in die Kissen. Die Tür zum Ankleidezimmer geht auf, Guildford kommt herein, in einem frisch geplätteten, schneeweißen Nachthemd. „Geht's, meine Liebe?", fragt er und kriecht zu mir unter die Decke.

„Und Euch, my Lord?", kommt meine Gegenfrage.

„Ausgezeichnet." Guildford sieht mich an und berührt meine Stirn unter dem Haaransatz. „Eigentlich bist du gar nicht übel. Nicht so hübsch wie deine Schwester, aber du hast einen schönen Teint, und dein goldfarbenes Haar steht dir auch gut."

Goldfarbenes Haar, diese rostroten Flechten? Ich ziehe mich mental zurück, und er beginnt meine Brüste zu streicheln. Seine Hände zittern, ob aus Aufregung oder Erregung, weiß ich nicht. Deutlich spüre ich jedoch, dass unter seinem Hemd, dort wo sein Unterleib den meinen berührt, sich etwas tut. Zwar habe ich nur einen vagen Begriff von dem, was sich unter dem Hosenlatz, den die Männer so großspurig vor sich hertragen, verbirgt. Aber dass das Ding so groß ist, hätte ich nicht gedacht.

Während ich noch rätsele, dringt Guildford in mich ein.

Es tut weh, sehr weh. Gottlob dauerte es aber nicht lange. Mit einem tiefen Seufzer gleitet er zurück. Auch ich keuche, aber nicht in sinnlichem Genuss. Zwischen meinen Beinen ist Blut und etwas Klebriges, das ich mir nicht erklären kann. Ohne ein Wort schlüpfe ich aus dem Bett und eile ins Vorzimmer, wo ich mich wasche und mein Nachthemd wechsele.

Guildford blinzelt mich an. „Alles in Ordnung, Jane?"

„Ja, my Lord."

„Nenne mich Guildford."

Ich krieche unter die Decke, in die hinterste linke Ecke. Prüfend und eher töricht sehen mich seine schiefergrauen Augen an. „Magst du mich ein wenig?"

„Ja. Ja doch", hauche ich.

„So soll es auch sein. Wir haben unsere Pflicht erfüllt und sind jetzt Mann und Frau."

„Wie es von uns verlangt wurde", hauche ich. Dann sage ich entschieden: „Gute Nacht, my Lord" und drehe ihm den Rücken zu.

16

Edward VI. verfiel immer mehr. Seine schmächtige Knabenbrust zerriss Husten, der von einem übel riechenden Auswurf begleitet war. Seine Beine waren geschwollen, seine Lippen blau verfärbt. Geschwüre begannen sich insbesondere an den unteren Gliedmaßen zu bilden, so dass er nur noch selten sein Bett verlassen konnte. Auf Dudleys Anordnung gaben ihm die Ärzte gifthaltige Medikamente, die sein Leben zwar verlängerten, ihm aber starke Schmerzen bereiteten.

Man sah den König kaum noch in der Öffentlichkeit. Eine seiner letzten Freuden war es, im Mai 1553 vom Fenster des Greenwicher Schlosses aus die Nordmeerexpedition beim Auslaufen zu verfolgen. Hugh Willoughby befehligte die Flotte, die sich verwegen in die Arktis wagte, um einen neuen Seeweg nach Asien zu suchen, aber jämmerlich im ewigen Eis erfrieren sollte.

Es war Sommer, aber ich zitterte in innerer Kälte. Wenn Frauen normalerweise im Ehestand aufblühen, so war dies bei mir nicht der Fall. Kopfweh und Übelkeit plagten mich, und mein „goldfarbenes Haar" begann strähnenweise auszufallen. War jemand dabei, mich zu vergiften – vielleicht mein Schwiegervater? Aber was für ein Interesse könnte er haben, mich aus dem Weg zu räumen, war ich doch sein kostbarstes Faustpfand?

Um wenigstens zeitweilig Durham House zu entkommen, fragte ich meine Schwiegermutter, ob ich meine Eltern besuchen dürfte. Sie setzte ihre hochmütigste Miene auf und sagte kalt: „Das ist keine gute Idee. Gerade zu diesem Zeitpunkt wird Eure Gegenwart hier gebraucht."

„Was heißt das, zu diesem Zeitpunkt?"

„Seine Majestät der König liegt im Sterben. Angesichts der Ungewissheit der Situation ist es besser, sich bereitzuhalten."

Das klang mir zu vage. Ich bestellte ein Boot und ließ mich nach Suffolk Place rudern.

Meine Mutter saß in ihrem Lieblingssessel am Kamin. Sie warf mir einen kurzen Blick zu und fuhr fort, Mandelkonfekt zu knabbern. „Du siehst ziemlich käsig aus. Geht es dir nicht gut?"

„Doch." Nachdem ich ihre Hand geküsst hatte, stand ich da und wartete darauf, dass sie mir einen Keks anbieten würde. Das tat sie natürlich nicht. Sie sah mich hinter halb gesenkten Augenlidern an und fragte: „Du bist doch nicht etwa bereits schwanger?"

„Ich glaube nicht."

„Was heißt, glaube? Das weiß man doch oder man weiß es nicht." Schärfer: „Du schläfst doch mit Guildford?"

„Ja."

„Nun, wie eine glückliche Ehefrau siehst du nicht eben aus. Du bist zwar keine Schönheit wie deine Schwester, aber Männer brauchen ja nicht viel. Du musst dir etwas Mühe geben."

Diese Ratschläge hätte sie mir lieber vor meiner Hochzeit geben sollen. Ich straffte mich: „Stimmt es, dass der König die Thronfolge ändern will?"

„Nun, er hat dem Rat den Entwurf vorgelegt. Mary wird als Katholikin ausgeschlossen, und Elizabeth, weil sie seinerzeit zum Bastard erklärt wurde. Sowieso will das Volk keine Prinzessin, die sich womöglich einen ausländischen Mann nimmt."

„Das heißt ..."

„Das heißt, dass du undankbares Geschöpf möglicherweise in Frage kommst."

„Aber..." Ich rang nach Atem. „Aber dann würdet Ihr ja übergangen!"

Sie spielte gelassen mit ihrer Reitpeitsche. „Ach, was liegt mir schon an der Macht? In meinem Alter steht man über solchen Dingen. Du hingegen, du bist jung und kannst Söhne bekommen. Wenn du dir etwas Mühe gibst."

Ich brauchte Zeit, um das alles zu verdauen. Meine Mutter musterte mich streng. „Das bedeutet, es ist an der Zeit, dass du dich auf die neue Lage vorbereitest. Aber wie ich sehe, hast du schon wieder Bücher herangeschleppt."

„*Loci communes rerum theologicarum* von Melanchthon, *Laus stultitiae* von Erasmus und *Utopia* von Thomas Morus."

„Eine andere Lektüre wäre dir dienlicher. Zum Beispiel *Il Principe* von Niccolò Machiavelli."

„Ich werde es mir durch den Kopf gehen lassen."

„Du musst dir verschiedenes durch den Kopf gehen lassen. Nimm dich zusammen, Tochter! Wir, dein Vater und ich, haben uns nicht für dich aufgeopfert, damit du - jetzt, wo es darauf ankommt - schlappmachst. Geh etwas an die frische Luft!"

„Ist Katherine nicht da?"

„Nein, die lassen ihre Schwiegerleute nicht aus den Fin-
gern. Warum spielst du nicht eine Partie *paille-maille* mit
Mary? Oder lass dir von Adrian die Berenice satteln, die ist
gerade das Richtige für deinen Zustand."

Was für ein Zustand? Nach der Gesellschaft von Adrian
Stokes war mir nun wirklich nicht. Sowieso verbrachte Mutter mit ihrem jungen Stallmeister mehr Zeit, als schicklich
war, und ich hatte keine Lust, ihrem Beispiel zu folgen.

So machte ich einen ungeschickten Knicks vor Mutter,
die noch immer ihr Mandelkonfekt vertilgte, und ging in
den Garten.

Die Eibenhecken formten eine abweisende Wand, und
nur die Pfingstrosen streckten mir liebevoll ihre prallen Ko-
rollen entgegen. Falter und Bienen schwirrten um die Bos-
kette. Hinter dem Kräutergarten erblickte ich Mary, die tap-
sig mit ihren Damen Blinde Kuh spielte. Aber ich wollte allein sein.

Den Kiesweg entlang lenkte ich meine Schritte zu den
Buchsbäumen, die den Park von der Themse trennten. Das

Plätschern der Brunnen vermischte sich mit dem dumpfen Aufklatschen der Ruder, die Bootsknechte ins Wasser tauchten, wenn sie an unserem Palast vorbeifuhren.

Unser Palast? Er war es nicht mehr. Die Gedanken stürmten auf mich ein, und ich ließ mich kraftlos auf den Rasen fallen. Hier war ich nicht mehr zu Hause. Auf mich warteten andere Paläste und eine Zukunft, vor dem mir graute.

17

Es ging schneller, als ich gedachte hatte. Am 8. Juli machte Mary Sidney, eine von Dudleys Töchtern, ihre Aufwartung. Ihr Verhalten mir gegenüber war ungewöhnlich ehrerbietig. „Madam", sagte sie, „mein Vater, der Herzog von Northumberland, bittet Euch, mit mir nach Syon zu kommen, um dort die Verfügungen Seiner Majestät des Königs zu erfahren."

„Ist der König tot?", fragte ich.

Edward war am Tag zuvor in den Armen ihres Mannes, seines Jugendfreundes, gestorben, aber davon sagte mir meine Schwägerin nicht. Vielmehr insistierte sie: „Es ist wesentlich, dass Ihr mit mir kommt."

Mir blieb nichts anders übrig, als ihr zu der Barke zu folgen. Während der kurzen Fahrt hörte ich die Glocken von den Kirchtürmen läuten. Meine Befürchtungen und Vorahnungen mehrten sich. Von Syon Palace kamen uns der Earl of Pembroke und der Earl of Huntingdon entgegen. Zu meinem Schrecken verneigten sie sich tief und küssten meine Hand.

„Was hat das zu bedeuten?" Wieder bekam ich keine Antwort. Zu viert begaben wir uns in die große Halle, das frühere Klosterrefektorium. Es war voller Menschen: Adlige und Peers, der gesamte Kronrat, kirchliche Würdenträger, darunter Ridley, der Bischof von London, die Herzogin von Northumberland, Katherine und ihr kindlicher Gemahl Henry Herbert. Guildford war da, der mich erwartungsvoll anstierte, mein selbstgefällig grinsender Vater und Mutter mit zusammengekniffenen Lippen.

Vor der hinteren Wand hatte man einen Thron mit Baldachin aufgerichtet. Banner mit der Tudor-Rose, Löwen, Lilien und Einhörnern hingen herab. Aus der Mitte des Saales kam Johny Dudley auf mich zu. Auch er verbeugte sich, neigte sich über meine Hand und küsste sie. Dann, während ringsum alles schwieg, sagte er in feierlichem Ton: „Als Vorsitzender des Kronrats ist es meine traurige Pflicht, Euch den Tod Ihrer gesegneten gnädigen Majestät König Edward VI. mitzuteilen."

Die nachfolgende gespreizte Lobhudelei auf das fromme Hinscheiden des Monarchen bekam ich nur halb mit, so angestrengt arbeitete es hinter meinen Schläfen. Die Worte „uns von seinen bösen Schwestern zu befreien", ließen mich aufhorchen, und messerscharf drang der Satz in mein Gehirn: „Ihre Majestät hatte den Parlamentsbeschluss wohl erwogen, der besagt, dass, wer immer Lady Mary oder Lady Elizabeth als Kronerbinnen anerkennen würde, als Verräter gelten sollte, da eine von ihnen gegenüber Seiner Majestät Vater König Heinrich VIII. und auch Ihm selbst gegenüber ungehorsam gewesen war, was die wahre Religion betrifft. Infolgedessen wünschte Ihro Gnaden in keiner

Weise, dass sie Ihm nachfolgen sollten, der in allen Dingen befähigt war, sie zu enterben."

Alle, ich eingeschlossen, hielten den Atem an. Denn jetzt wandte sich der Herzog in einer dramatischen Geste zu mir und sprach: „Ihro Majestät hat Euch, Madam, zu Seiner Nachfolgerin ernannt. Solltet Ihr ohne Nachkommen bleiben, so sollen Eure Schwestern nach Euch die Krone erben. - Die Erklärung ist von allen Lords des Rates, den meisten Peers und allen Richtern des Landes anerkannt worden. Es verbleibet lediglich noch, dass Eure Gnaden gnädig den hohen Stand annehmen möget, den Gott der Allmächtige, der über alle Kronen und Szepter bestimmt - und dem man nie ausreichend für diese Güte danken kann - Euch darreichet."

Nach diesen Worten fielen sämtliche Anwesende auf ihre Knie und huldigten mir. Aber nicht nur sie, auch ich sank zu Boden. Mir war schwindlig, und ich brach in einen Weinkrampf aus.

Niemand kam mir zu Hilfe. Ehrfürchtig, vielleicht auch hilflos warteten sie, bis ich mich gefasst hatte. Das Einzige, das ich tun konnte, war fast tonlos zu flüstern: „Die Krone steht mir nicht zu. Lady Mary ist die rechtmäßige Erbin."

Immer noch gegen den Schwindel ankämpfend, suchte ich mühsam wieder auf die Beine zu kommen. John Dudley half mir beim Aufstehen, und plötzlich streckte sich mir eine andere Hand entgegen. Guildford sah mich mit gebeugtem Nacken eindringlich aus seinen knabenhaften Augen an. „Madam", sagte er leise und seltsam heiser, „wir beschwören Euch, nehmt die hohe Würde an, zu der Ihr berufen seid. Es ist Eure Pflicht und die einzige Möglichkeit, das Unheil des Papismus von England abzuwenden."

Zuerst starrte ich ihn nicht verstehend an, dann kam ich vollends zu mir. Ich warf einen langen, leeren Blick in die Runde. In allen Gesichtern war Erwartung, in meines Vaters Miene Triumph, in den Augen meine Mutter gnadenlose Aufforderung. Ich sagte, mehr zu mir selbst als zu den anderen: „Erlaubt, dass ich um Erleuchtung bete."

Ein paar Minuten verbrachte ich in stillem Gebet. Dann richtete ich mich auf. „Wenn das, was mir anheimfällt, mir von Rechts wegen gebührt, dann möge Gottes Allmacht mir den Geist und die Gnade gewähren, dass ich zu Seinem Ruhm und zum Wohle des Reiches herrschen möge."

Und so nahm ich Johny Dudleys Hand und stieg die Stufen zum Thron empor.

18

Niemand jubelte mir zu, als ich zum Tower gefahren wurde. Hatte das Volk vom Thronwechsel nichts mitbekommen, wusste es nicht, dass jetzt eine junge, fremde Königin über es gebot?

Nur ein Gassenjunge lief vor uns her und brüllte, Prinzessin Mary sei die wahre Herrscherin. Man stellte ihn an den Pranger und schnitt ihm die Ohren ab. Kein gutes Omen für einen Herrschaftsbeginn.

Dabei hatten wir den Einzug in den Tower sorgfältig vorbereitet. Guildford und ich prangten in den Tudor-Farben Grün und Silber, Trompeten schallten, und Kanonen donnerten. Um größer zu erscheinen, hatte ich mir italienische

Schuhe mit hohen Absätzen angezogen. Meine Mutter trug meine Schleppe, meine Schwester raffte meinen goldverbrämten Rocksaum, damit ihn den Straßenschlamm nicht verunreinige. Galant reichte mir Guildford die Hand, und so zog ich unter meinem Baldachin in den Tower ein, wo mich dessen Hüter, der Marquis von Winchester und Sir John Bridges, willkommen hießen.

Auch im Festsaal des White Tower war ein Thron unter einem Baldachin aufgestellt, und dort nahm ich Platz. Erneut huldigten mir meine Getreuen, erneut wurde feierlich Jane Dudley als Königin Englands ausgerufen.

Natürlich fragten wir uns alle, was mit Mary und Elizabeth war. Vorsichtig, wie sie war, hatte sich die Jüngere von einem Arzt krank und reiseunfähig erklären lassen und sich ins Bett gelegt. Anders ihre Schwester, die Kämpferin. Die von Robert Dudley befehligten vierhundert Reiter umgehend, die dessen Vater zu ihrer Ergreifung ausgesandt hatte, wandte sie sich nach Osten und sammelte unterwegs ihre Anhänger um sich. In Kenninghall, dem früheren Sitz der Norfolks, verkündete sie einen Erlass, der in alle Teile des Reiches verschickt werden sollte. Darin erklärte sie mit

Nachdruck, dass sie sich an die Bestimmungen ihres Vaters über die Thronfolge zu halten gedenke und all ihre Untertanen aufrufe, sie als legitime Herrscherin Englands anzuerkennen.

Marys Schreiben erreichte uns, als wir beim Festmahl im Tower saßen. Die Bestürzung war groß, Mutter und Schwiegermutter brachen in Wehklagen aus.

Ich behielt meine Ruhe. Was hatten sie erwartet, dass Mary sich kampflos geschlagen geben würde? Ich befahl, den Nachtisch aufzutragen, und bat die erregten Gemüter, sich zu beruhigen. Früher oder später würde Mary den Häschern meines Schwiegervaters in die Hände fallen, und stand das Volk nicht hinter mir, der Verteidigerin seines Glaubens?

Als alle gegangen waren, blieb noch Guildford, der ein besonderes Anliegen hatte. „Jane", sagte er, „jetzt da du Königin bist, solltest du nicht verkünden, dass ich mit dir die Krone teilen werde?"

Ich glaubte nicht recht zu hören. „Wie kommst du auf die Idee? Ich bin gerne bereit, dich zum Herzog zu machen, aber herrschen werde ich allein."

„Wie? Du willst mich nicht zum Prinzgemahl ernennen?"

„Du hast wohl verstanden. Ich bin Englands Herrscherin, ich allein."

„Was? Dann wollen wir erst mal sehen, was das Parlament dazu zu sagen hat." Tränen der Wut in den Augen, stürmte er hinaus. Wenig später kam er mit seiner Mutter zurück, die sofort auf mich loszeterte: „Was ist das für ein Verhalten? Mein Sohn soll nicht König werden? Benimmt sich so eine fügsame Ehefrau?"

Ich sagte ruhig: „ In erster Linie bin ich nicht fügsame Ehefrau, sondern Königin. Und als solche bin ich gewillt, allein zu herrschen."

Guildford stampfte mit den Füßen wie ein trotziges Kind. „Ich will nicht Herzog, ich will König sein!"

Die Herzogin von Northumberland reagierte mit demselben Zorn: „Komm, mein Sohn! Ich verbiete dir, bei einer Frau zu bleiben, die dich so schändlich behandelt."

„Verbietet ihm, was ihr wollt", sagte ich. „Hättet Ihr ihn nicht über alle Maßen verwöhnt, würde er sich jetzt wie ein Mann betragen und nicht wie ein ungezogener Knabe."

Die Herzogin warf mir einen hasserfüllten Blick zu. „Komm, Guildford. Und dass du ja nicht ins Bett gehst mit dieser Frau, die dich so wenig achtet."

„Fürs Bett brauche ich ihn nicht", entgegnete ich schneidend. „Aber als mein Gatte ist sein Platz tagsüber an meiner Seite."

Und ich befahl, die Tore des Towers zu schließen, bevor die beiden sich davonmachen konnten.

19

Der Marquis von Winchester kam mit einer glitzernden Last. „Was ist das?"

„Die Kronjuwelen, Euer Gnaden."

„Ich will sie nicht."

„Haben Euer Gnaden doch wenigstens die Güte, zu prüfen, ob sie passen. Denn damit sollt Ihr ja in Westminster Abbey gekrönt werden."

Welche Frau hätte dieser Pracht gegenüber gleichgültig bleiben können? Ich sah mir die Kleinodien an, dann schickte ich den Marquis weg. „Das hat Zeit. Versorgt sie gut, my Lord."

Nach Winchester kam mein Schwiegervater, einen scharlachroten Mantel über seiner Rüstung. „Ich zieh aus, mit fünftausend Mann, etlichen Söldnern und meinen Söhnen John, Ambrose und Henry. In ein paar Tagen bring ich Euch die Verräterin Mary, lebendig oder tot."

Es wäre mir lieber gewesen, wenn mein Vater den Oberbefehl über das Kontingent geführt hätte. Aber der lag mit Gallensteinen darnieder. Und im Grunde zog ich es vor, wenn er in meiner Nähe blieb und nicht John Dudley.

„Handelt mit Umsicht, my Lord", gab ich dem tatenfreudigen Feldherrn als Abschiedsgruß mit.

Ich blieb allein zwischen den ziegelroten und indigofarbenen Wandmalereien, den gotischen Spitzbogenfenstern und den karierten Bodenfliesen der Staatsgemächer. Mir war zu Bewusstsein gekommen, dass Anne Boleyn hier logiert hatte, bevor sie in verliesartigere Räume verbracht wurde. Dieser Tower - wie viele Menschen waren hier gewaltsam ums Leben gekommen, wie viele für immer spurlos verschwunden ... Ein Blick aus meinen Fenstern, und ich sah die Grünfläche, auf der man Anne Boleyn, Katherine Howard und Lady Rochford, die den Verrat an ihrer Herrin und Schwägerin und die Deckung von Katherine Howards Liebschaften mit dem Leben bezahlte, enthauptet hatte.

Eins hatte ich mit Königin Anne gemeinsam: Solange ein Funke Leben in mir war, würde ich für meine Ehre kämpfen. Für den Moment war das nicht viel. Ich wies Bischof Ridley an, in St. Paul's mit wortgewaltiger Ausdauer gegen Mary und Elizabeth zu wüten. Unter die Appelle, die mir Northumberland zurückgelassen hatte und die alle möglichen Menschen aufforderte, zu ihrer Souveränin zu stehen, die fest entschlossen war, „die Krone vor Ausländern und

Papisten zu schützen", setzte ich mein verbissenes „Jane, die Königin." Viel mehr konnte ich nicht tun.

Dennoch, ich wusste: Die stolze Galeere war gesunken, noch ehe sie den Hafen verlassen hatte. Fünf Schiffe der königlichen Marine waren nach einer Meuterei ihrer Besatzung zu Mary übergelaufen. Berkshire, Buckinghamshire Hertfordshire, Bedfordshire, Gloucestershire und Oxfordshire hatten sich für König Henrys Tochter erklärt. Nicht nur Katholiken, auch Protestanten hielten der designierten Thronerbin die Treue. Unaufhaltsam marschierte Mary auf London zu, an der Spitze einer Armee, die von Stunde zu Stunde mehr Verstärkung erhielt. Zuerst waren es dreitausend, ein paar Tage später war die Armee auf dreißigtausend angewachsen.

Derweilen saß ich wie eine königlich herausgeputzte Puppe unter meinem Baldachin und unterzeichnete Appelle. Nur Lady Throckmorton und meine Damen Tilney und Ellyn harrten bei mir aus. Meine kleine Mary hockte zu meinen Füßen und las mir aus „Le morte d'Arthur" vor. Guildford schmollte, seine Mutter grollte, die Peers trollten sich davon.

Die Ratten verließen das sinkende Schiff. Den Anfang machte der Schatzmeister, der sich mit meiner Schatulle davonmachte, dann schlich einer nach dem anderen hinaus. Aber was hatte ich erwartet? Ich war ja selbst schuld, denn wie hatte ich so hirnverbrannt sein können, mich auf diesen Wahnsinn einzulassen?

Als ich hörte, dass der Earl of Pembroke die arme Katherine vor die Tür gesetzt hatte und auf Baynard Castle in flammenden Reden zur Anerkennung von Königin Mary aufrief, wusste ich, dass es zu Ende war.

20

Eine Insel der Stille, trieb der Tower in dem brodelnden Hexenkessel, der London war. Glockenläuten und Böllerschüsse drangen zu uns vor, es waren auch Hochrufe und freudige Gesänge zu hören. Ganz London war in Hochstimmung. Freilich, mir hatte man diese Ehrungen nicht erwiesen. Aber ich war ja auch die Fremde, die Unerwünschte. Ein

Abgang in Würde, das war das Einzige, auf das ich jetzt noch hoffen konnte.

Mein Vater stürmte am 19. Juli in die menschenleere Halle und begann ohne Einleitung den Baldachin herabzureißen. Als der Purpurstoff trübselig am Boden lag, bequemte er sich zu einer Erklärung: „Steig von deinem Thron, unglückliches Kind. Du ist keine Königin mehr. Von jetzt an musst du dich damit begnügen, eine Privatperson zu sein."

„Habe ich denn etwas anderes verlangt?", sagte ich. Von meinem Vatter hatte ich noch ein paar Worte erwartet, aber er war schon wieder zur Tür hinaus. Meine Mutter hatte ich seit Tagen nicht mehr gesehen, und von meinen übrigen Angehörigen war außer Mary niemand da. „Schön hast du gelesen", sagte ich sanft zu ihr. „Du kannst ruhig weitermachen, auch wenn ich nicht da bin. Die Geschichte von Tristan und Isolde ist besonders ergreifend."

Sie sah mich fragend aus ihr in tiefen Höhen sitzenden winzigen Augen an. „Gehen wir jetzt nach Hause?"

„Ich glaube nicht, dass das möglich ist. Aber es wird sich schon jemand um dich kümmern."

Ich schaute mich um. Weit und breit war niemand zu sehen. Hinter mir wischte sich Lady Tilney die Augen ab, aber Lady Trockmorton raffte sich auf, um mir mit der langen Staatsrobe, die ich noch immer trug, über die Stufen zu helfen. „Madam, ich weiß, es ist nicht die richtige Augenblick, aber Ihr habt versprochen, bei der Taufe des kleinen Underhill zugegen zu sein."

Guildford Underhill, der Sohn des Wärters und rechtschaffenen Lutheraners Edward Underhill, vor ein paar Tagen ins irdische Jammertal gekommen, dazu noch mit dem unseligen Namen Guildford. Ich hatte versprochen seine Taufpatin zu sein, und so machte ich mich auf den Weg zur Tower-Kapelle.

Lady Tilney kämpfte noch immer mit den Tränen, Lady Trockmorton half mir mit der Schleppe. Ihren Daumen im Mund, war Mary in die Illustrationen von „Le Morte d'Arthur" vertieft.

Als wir die Tür öffneten, versperrten uns Wachen mit hochgehobenen Hellebarden den Weg.

21

Der Tower war neun Tage meine Königsresidenz gewesen, jetzt war er mein Gefängnis. Ich musste die Kronjuwelen zurückgeben und von den Staatsgemächern in das Haus des Gefängniswärters Master Partridge überwechseln. Mir genügten die schlichten, sauberen Gemächer, die jetzt meine Behausung waren, vollkommen, denn man hatte mir ja meine Bibeln, meine Damen und einen Pagen gelassen.

Der Herzog von Northumberland kehrte zurück, geschlagen, schmutzstarrend, von den Hohnrufen und Beschimpfungen der Londoner begrüßt. Umsonst hatte er in letzter Minute eine totale Kehrtwendung gemacht,

Mary hochleben lassen und Messen angeordnet. Umsonst war die Herzogin von Northumberland, in aller Eile dem Tower entflohen, ostwärts geritten, Mary um Gnade für ihren Gatten anzuflehen. Die hatte sie nicht einmal vorgelassen.

Beim Einritt in die sie schmähende Hauptstadt weinten Dudleys Sohn Ambrose vor Wut, Henry vor Scham über das unwürdige Verhalten ihres Vaters. Mich verwunderte es nicht, denn der Mann hatte nie auch nur die Spur eines Rückgrats. Man riet dem Herzog, seinen Purpurmantel abzulegen, um die Menge nicht noch mehr zu reizen, dennoch überschüttete die ihn mit Steinen und Unrat. Triumphierend lief ein Gassenjunge neben seinem Pferd her. Es war Gilbert Potter, dem man die Ohren abgeschnitten hatte, weil er Mary die Treue gehalten hatte.

Mit Guildford und Robert, der schon zuvor festgenommen worden war, wurden die Dudleys in den Beauchamp Tower eingeliefert. Das Nachbargebäude konnte ich von meinem Gefängnis aus sehen, es war mir aber kein Kontakt mit den Gefangenen erlaubt.

Die Reihen der Häftlinge füllten etwas später Bischof Ridley und mein Vater. Meine Mutter ritt nach Beaulieu und bat Mary um das Leben ihres Mannes, der nach ein paar Tagen freigelassen wurde. Womit die Herzogin von Suffolk ihre Pflicht erfüllt zu haben glaubte.

22

Am 3. August zieht Mary in London ein. Von einer unüberschaubaren Menge umjauchzt, reitet sie in leuchtendem Violett auf ihrem Schimmel durch die beflaggten und blumengeschmückten Straßen. Hinter ihr, noch vor Anna von Cleve, Onkel Henrys vierter Frau, reitet Elizabeth. Ihrer hohen, schlanken Figur, deren weiße Gewandung lebhaft mit ihrem Reittier, einem Rappen, kontrastiert, brandet womöglich noch begeisterter Jubel entgegen.

Hinter den Toren des Towers knien vier Personen: die Herzogin von Somerset, die seit dem Prozess von Lord Seymour vor fünf Jahren hier gefangen gehalten wurde, Bischof Stephen Gardiner, ein hartnäckiger Verteidiger des Katholizismus, der mittlerweile achtzigjährige Herzog von Norfolk, der im Tower schmachtet, seitdem sein Sohn, der dichterisch hoch begabte Erl von Surrey, 1547 hingerichtet wurde, weil er dasselbe Wappen wie Henry VIII. für sich beanspruchte. Der Letzte in der Reihe (und auch der, der am längsten hier eingekerkert war) ist Edward Courtenay, den

König Henry wegen seines königlichen Blutes (er ist ein Ur-enkel von Edward IV.) fünfzehn Jahre festhalten ließ, während sein Vater und fast seine gesamte Familie den Weg aufs Schafott antreten mussten.

„Meine Gefangenen", sagt Mary gerührt und schließt die Unglücklichen in ihre Arme. Mich begehrt sie natürlich nicht zu sehen.

Allen Gefangenen werden ihre Ämter und Würden zu-rückgegeben. Gardiner wird gar Lordkanzler und Lord Sie-gelbewahrer und damit der erste Mann im Staat. Mit diesem fanatischen Papisten an ihrer Seite will die Königin das ihr so wichtige Werk der Rekatholisierung Englands in Angriff nehmen (obwohl sie versprochen hat, dass, solange dies nicht abgeschlossen ist, jeder ihrer Untertanen frei über sei-nen Glauben entscheiden kann).

Einstweilen begnügt sich Mary mit reihenweise Messen in den königlichen Hauskapellen und einem feierlichen Re-quiem für das Seelenheil ihres Vaters und Bruders. Viele sä-hen es gerne, wenn die Monarchin, die inzwischen achtund-dreißig ist, den zehn Jahre jüngeren letzten Spross der Yorks zum Mann nehmen würde. Allerdings verwehrte der Umstand, dass er seit seinem zwölften Lebensjahr im Tower saß, Courtenay eine standesgemäße Erziehung, und sein unscheinbares, schmächtiges Äußeres macht ihn auch nicht zum idealen Heiratskandidaten. Sowieso, so wird gemunkelt, soll Mary mit dem Gedanken spielen, sich mit ihrem Cousin Philipp von Spanien zu vermählen.

Vom Tower zog Mary nach Somerset Palace und dann nach Richmond. Großmütig empfing sie diejenigen, die ihr in den Rücken gefallen waren, die ihr aber für die Festigung ihrer Herrschaft unentbehrlich waren. Mary war keine Närrin und im Stande, über persönliche Rankünen hinwegzusehen, wenn es um das Interesse des Staates ging.

Meine Mutter schrieb mir, die Königin habe ihr zugesagt, dass sie nicht nur meinem Vater, sondern auch mir verzeihen würde. In der Enge der Gefängnismauern begann wieder Hoffnung in mir zu keimen. Die Chancen standen nicht schlecht, dass ich meine Tage nicht hier beschließen würde, sondern an einem abgeschiedenen Plätzchen – vielleicht sogar in Bradgate – meine Freiheit wiedererlangen könnte.

23

Einen konnte Mary nicht begnadigen: den Herzog von Northumberland. Dass er zum Katholizismus konvertiert war, nutzte dem Elenden nichts, auch nicht, dass er die Königin anflehte, ihn am Leben zu lassen, und wenn es bloß das „Leben eines Hundes war", wenn er nur verschont blieb und die Füße der Herrscherin küssen dürfte. Es half ihm alles nichts. Vor zehntausend Zuschauern legte Dudley seinen Kopf auf den Block, nachdem er um Gnade für seine ebenfalls zum Tode verurteilten Söhne gebeten hatte.

Von meinem Fenster aus sah ich den Karren mit den sterblichen Überresten meines Schwiegervaters zu der Kapelle rattern, in der bereits Anne Boleyn, Katherine Howard und Edward Seymour bestattet liegen. Er hatte mir viel Böses angetan. Dennoch kniete ich nieder und sprach ein Gebet, auch wenn es mich Überwindung kostete, diesem armen Sünder zu verzeihen.

Seitdem sitze ich in meinen Räumen und warte. Ende September hatte London wieder einen Grund zu feiern.

Mary zog in einer feierlichen Prozession von Whitehall nach Westminster Abbey, um gekrönt zu werden. In ihrer Begleitung waren die neu ernannten Ritter vom Hosenbandorden, Edward Courtenay, Gardiner, Winchester, Norfolk, der Lord Mayor, Anna von Cleve, meine Mutter und die frisch geschiedene Katherine und natürlich Elizabeth. Die durfte die königliche Schleppe tragen, während Mary die Krone, die mein Haupt nicht geschmückt hatte, aufgesetzt wurde. Beim Festbankett in Whitehall trug man 313 Gänge auf, die 4900 unberührten übrigen Speisen wurden an die Armen verteilt.

Als Kaiser Karls neuer Botschafter in England Simon Renard die Königin während des Festessens über die Schwere der Krone stöhnen hörte, flüsterte er ihr ins Ohr, sie möge Geduld haben, es käme in Kürze eine zweite, gleichwertige auf sie zu.

Ohne Zweifel eine Anspielung auf die Heiratspläne, die Mary und Renard gemeinsam schmiedeten. Der Botschafter hatte ihr die Vorzüge von Prinz Philipp in den lebhaftesten Farben geschildert. Der Sohn des Kaisers, mit dem wiederum Mary in ihrer Kindheit so gut wie verlobt gewesen war,

war siebenundzwanzig und hatte aus einer ersten Ehe mit seiner portugiesischen Base Maria einen halbwüchsigen Sohn, Don Carlos. Außer seiner Muttersprache sprach er nur etwas Französisch (was die Stände in Brüssel sehr gegen ihn aufgebracht hatte), aber Mary konnte sich ja einigermaßen in der Sprache der Kastilier verständlich machen. Aber, so soll Renard geschwärmt haben, „der Infant ist jedenfalls ein sehr schöner Mann mit blonden Haaren und melancholisch blauen Augen".

24

Am 14. November 1553 verlasse ich den Tower zum letzten Mal. Mit Guildford und seinen Brüdern sowie Thomas Cranmer, dem früheren Erzbischof von Canterbury, steige ich in eine Barke, die an den Stufen zum Tempel anlegt. Von dort aus gehen wir zu Fuß durch die City von London, durch Cheapside zur Guildhall. Ich bin in Schwarz gekleidet, mein Blick auf das Gebetbuch gesenkt, das ich in meiner Hand halte.

Auch Bischof Cranmer blickt nicht auf, aber schließlich wird heute die Reformation, für die er sich unermüdlich eingesetzt hat, zu Grabe getragen. Ich habe Mitleid mit dem erst sechzehn Jahre alten, mir gleichaltrigen Henry, den sein Vater so rücksichtslos in den Verrat hineingezogen hat, aber auch mit Guildford, dessen Gesicht beinah so weiß wie das Satinunterfutter ist, das durch die Ärmel seines schwarzen Wamses blitzt. Seit dem Sommer habe ich Guildford nur noch aus der Ferne auf dem Dach des Beauchamp Tower gesehen, wenn er sich dort mit seinen Brüdern ergehen durfte. Mir, der ich das Privileg habe, in den Gärten des Queen's Tower spazieren zu gehen, winkten die Dudleys wie zur Aufmunterung zu, Guildford aber hob keine Hand, sondern verneigte sich nur mit ernster Miene.

Der Scharfrichter trägt die nach vorne gerichtete Axt vor uns her, schweigend schreiten wir durch die Menge, der eigentümliche Ehrfurcht Schweigen gebietet. „Wird jetzt bei euch geheizt?", flüstere ich Guildford zu.

„Als ob das jetzt noch eine Rolle spielen würde", antwortet er steif.

„Womit verbringt ihr eure Zeit?", frage ich weiter.

„Lesen, Schach spielen. Aber ich denke viel an dich. Ich habe sogar deinen Namen in die Wand unseres Gefängnisses geritzt."

„Oh, Guildford!" Ehe ich mehr sagen kann, stehen wir in der riesigen gewölbten Gerichtshalle. Von ihren Bänken unter Englands Wappen sehen mich die edelsten alle Peers – viele darunter, die König Edwards Thronerlass und die Verdammung Marys mitunterschrieben haben – so unbewegt an wie die allegorischen Figuren, welche die Außenfassade des Gerichtsgebäudes schmücken.

Die Verhandlung ist von lakonischer Kürze. Das Gericht verurteilt Cranmer wegen Hochverrats zum Feuertod, Guildford und seine Brüder zur Hinrichtung durch Hängen, Ausweiden, Köpfen und Vierteilung. Ich, die Verräterin und Thronräuberin, soll, je nach dem Willen der Königin, verbrannt oder enthauptet werden.

Als wir hinaustreten, bricht die Menge ihr Schweigen und stößt einen tiefen kollektiven Seufzer aus: Diesmal ist das Beil des Henkers gegen uns, die zum Tod Verurteilten, gerichtet.

25

Aus den Kalamitäten, die unsere Familie befallen hatten, hatte mein Vater nichts gelernt. Er zettelte eine Rebellion an, mit dem Ziel, mich aus dem Tower zu befreien und Elizabeth, die Edward Courtney heiraten würde, auf den Thron zu setzen. Courtenay und Thomas Wyatt, der Sohn des gleichnamigen Dichters, waren an dem Aufstand beteiligt.

Er wurde, wie konnte es anders sein, erbarmungslos niedergeschlagen. Sofern sie nicht niedergemacht wurden, flohen Vaters Soldaten in alle vier Winde. Von allen verlassen, verbarg er sich in einem hohlen Baum, wurde aber verraten und zur Verurteilung in die Hauptstadt gebracht.

Nur die von Wyatt angeführten Truppen gaben nicht auf und drangen sogar bis nach London vor, wo die Königin als Mutter der Nation in ihrem Palast in Whitehall die Stellung hielt.

Dann war der letzte Widerstand gebrochen, und die Waffen schwiegen. Ein tödliches Schweigen. Selbst von den wilden Tieren in ihren Käfigen ist kein Laut zu hören. Der Himmel hängt grau über London, und nur selten bricht ein Sonnenstrahl durch. Der Wind, der durch die Gassen des Towers fegt, wirbelt dürres Laub und Schneeflocken auf. Wenn die Dunkelheit herabfällt, vermeint man, die Stimmen all jener zu hören, die in diesen Mauern gelitten haben und noch leiden.

Ich habe mit all dem abgeschlossen, ich habe mit mir selbst Frieden gemacht. Mein größter Fehler war nicht, dass ich die Krone annahm – dafür war der Druck zu gewaltig. Aber dass ich mich dazu berufen glaubte, die Herrscherin zu sein, die den evangelischen Glauben zum alleinigen Englands machen würde, das war Stolz und Anmaßung. Deswegen bitte ich Gott den Herrn um Verzeihung.

Statt weltlichen wende ich mich jetzt geistlichen Dingen zu. Ermahnend schreibe ich meiner Schwester Katherine, damit sie nicht wie ich die Wege des Hochmuts gehe. Ich bete für meinen Vater, auch wenn er die Quelle meines Unglücks geworden ist. Meiner Mutter schreibe ich nicht. Ich habe ihr nichts zu sagen.

Ich schreibe, sticke und lese bis in die Nacht hinein. In meinen kahlen Räumen, die der Schein weniger Kerzen erhellt, schließen sich die Geister meiner Pracht und meines Elends um mich. Ich habe wenigstens ein Feuer, das mich wärmt. Guildford und seine Brüssel müssen in Kälte und Trostlosigkeit ausharren. Aber das wird bald vorbei sein ...

Schon kurz nach dem Morgengebet stehe ich am Fenster und blicke hinaus. Stille stülpt ihren grauen Mantel über Zinnen und Wehrgänge. Von jenseits der Mauern, vom Tower Hill, hört man dumpfe Hammerschläge, wo man dabei ist, Schafotte aufzurichten. Davon werden viele gebraucht in den nächsten Tagen.

Als unten auf dem Hof mein Vater in Fesseln vorbeiwankt, ohne zu mir hochzusehen, weiß ich, dass es Zeit ist, sich vorzubereiten.

Zweites Buch

Die rote Rose

Katherine Grey (1540 – 1568)

1

„Glaube nicht, dass die Zartheit deiner Jahre dein Leben ver-
längern wird, denn wie Gott will, gehen die Alten wie die Jungen
dahin. Lebe, um zu sterben. Verleugne die Welt. Verleugne den
Teufel und verachte das Fleisch. Nimm dein Kreuz auf dich. Leb-
wohl, liebe Schwester. Setz dein Vertrauen auf Gott, der allein dir
Stütze sein kann. Deine dich liebende Schwester, Jane Dudley"

Diese Zeilen hatte Jane kurz vor ihrem Tode aus dem
Tower an mich gerichtet. Schöne Worte, aber was sollten sie
mir? Ich war vierzehn Jahre alt, ich wollte leben. Meinen ge-
liebten Herbert hatte man mir genommen, meine Ehe aufge-
löst, mich wie eine kaum gebrauchte und nutzlos gewordene Sache zur Seite geschoben. Was für eine Zukunft hatte
ich noch?

Aus London, das von Galgen und Schafotten strotzte,
flohen wir nach Leicestershire. Unsere Schlösser und Besitz-
tümer waren beschlagnahmt, aber die Königin hatte uns
großzügig Beaumanor zur Verfügung gestellt, das ganz in

der Nähe von Bradgate liegt. Mutter hängte Bilder von ihrer Mutter und von Katherine Parr auf und ritt mit Adrian Stokes aus. Mary und ich vergnügten uns mit unseren Puppen und Haustieren im Park.

Nach der Hinrichtung unserer Schwester und unseres Vaters waren wir zwar gebrandmarkt, wir galten aber nach wie vor als Thronerbinnen. Schließlich, wenn Hochverrat auf die gesamte Familie abfärben würde, wäre Henry von Richmond nicht König von England, John Dudley nicht Lord Protector geworden.

Nach ein paar Monaten rief Königin Mary uns an den Hof zurück. Mutter als Ehrendame, mich als Ehrenjungfer. Es war kein mühevoller Dienst. Wir wechselten von einem Schloss zum anderen, ich hatte mein eigenes Zimmer und eigene Bedienstete, ich durfte sogar meine Affen und Hunde behalten. In den Gemächern der Ehrenjungfern, die sich nachts in ihren Schlafzimmern zu manchem Schabernack versammelten, ging es vergnügt zu – manchmal so laut, dass sich andere Mitglieder des Hofes beschwerten. Ich befreundete mich insbesondere mit Jane Seymour an, der Tochter des hingerichteten Herzogs von Somerset, die im selben Alber wie ich war. Auch mit Jane Dormer kam ich gut aus. Sie genoss die besondere Gunst der Königin und durfte sogar manchmal mit ihr in ihrem jungfräulichen Bett schlafen.

Mary war eine Frühaufsteherin. Nachdem sie aus ihrer Garderobe gekommen war, wo Susan Clarencieux die Ehre hatte, ihr auf der *chaise percée* behilflich zu sein, zog eine Dame ihr das Nachthemd aus, und ich reichte ihr mit Parfum getränkte feuchte Tücher, mit denen sie sich Gesicht und Hände abwischte. Über den welken weißen Leib der Königin wurden dann ihre Lieblingsroben aus Damast oder Taft gestreift, die in Karmesin oder dunklem Maulbeerrot leuchteten. Das Anlegen der Juwelen, für die Mary eine besondere Vorliebe hatte, konnte eine gute Stunde in Anspruch nehmen, das Herrichten des rotbraunen königlichen Haares, über das mit Perlen oder Federn geschmückte Hauben platziert wurden, noch mehr.

Beim Gang zur Messe waren wir von einem Heer von Pagen, Wachsoldaten und, jenseits der Mauern, in ehrfürchtige Verbeugungen versinkenden Zuschauern aus dem Volk flankiert. Die Offizien zogen sich endlos hin, aber die Königin war so versunken, dass sie nicht mitbekam, wenn ich gelegentlich einnickte. Beim Essen waren wir wieder unter uns. Da die Königin ihre Speisen stark gewürzt liebte, mussten Mutter oder ich stets mit dem Pfeffer- und Salzfass zur Hand stehen. Freitags kamen statt Fleisch natürlich Aalpasteten, Hecht, Zander und Meeresfische auf den Tisch.

Den Rest des Tages verbrachten wir mit Sticken, Musikmachen, der Herstellung von Gelees und Konfitüren. Auch die Königin war nicht müßig. Sie bereitete ihre Hochzeit vor, und Mutter die ihre (weshalb sie auch im Sommer 1554 nach Sheen zurückkehrte).

Mit an Bord 9000 Edelleuten und Domestiken, tausend Pferden und Maultieren und drei Millionen Golddukaten legte die spanische Flotte Ende Juli in Southampton an. In strömendem Regen ritt Prinz Philipp zum Bischofspalast von Winchester, wo seine Braut ihn bereits sehnsüchtig erwartete.

In seinen schneeweißen Gewändern, die sowohl seinen schlanken Körperbau als auch seine kräftigen Schenkel vorteilhaft hervorhoben, machte der hellhäutige und

hellhaarige Infant eine gute Figur. Sein Vater, der Kaiser, hatte ihn zum König von Neapel und Jerusalem ernannt, so dass er sich vor Mary nicht zu schämen brauchte. Der Ehevertrag machte ihn zum König von England, räumte ihm aber sonst kein Mitspracherecht oder sonstige Privilegien ein.

War Philipp enttäuscht, als er, der Achtundzwanzigjährige, vor seiner elf Jahre älteren Zukünftigen stand? Sicher hatte das ihm übersandte Porträt ihm nichts von ihrer winzigen Statur, ihren hängenden Brüsten und ihrem verschrumpelten Gesicht gesagt. Sein engster Vertrauter, der Fürst von Eboli Ruy Gómez, soll später gesagt haben: „Man müsste Gott persönlich sein, um diesen Kelch zu leeren."

Philipp aber war ein Mann von Welt und behandelte Mary mit betonter Ehrerbietung. Beim Festmahl, nachdem sie feierlich in der Kathedrale von Winchester getraut worden waren, führten sie lebhafte Tischgespräche. Er sprach

Spanisch, sie Französisch, und drohte die Verständigung zu scheitern, konnten beide auf Latein ausweichen.

Die Königin wirkte sehr entspannt, während ihre Blicke sich an Philipps bereits etwas gelichtetem dunkelblonden Haar und dem rötlichen Bärtchen, das um seinen überlangen Habsburger Unterkiefer kräuselte, weideten. Von ihrem in der Blüte seiner Jugend prangenden Gemahl war die Neununddreißigjährige sichtlich eingenommen.

Dieser Eindruck bestätigte sich am anderen Morgen (Philipp war in der Messe und eilte dann zu seinem Schreibtisch), als die Königin vor ihre Damen trat, die funkelnde „La Peregrina" (eine der größten Perlen der Welt), die ihr Bräutigam ihr verehrt hatte, auf der Brust. Mary hatte eine freudlose Kindheit und Jugend gehabt: Mit zehn Jahren war sie von ihrer Mutter getrennt worden, die sie fortan verleugnen musste; als Bastard abgestempelt, stand sie hinter Elizabeth zurück, deren Mutter Anne Boleyn sie demütigte und drangsalierte, wo sie nur konnte; man entriss ihr ihr Lieblingsgeschmeide und zur selben Zeit ihre geliebte Erzieherin, die Herzog von Salisbury, um diese völlig unbegründet auf den Richtblock zu schleifen; unter Edward VI.

schließlich stand sie unter dem ständigen Druck, ihre Religion ändern zu müssen. Die jahrzehntelange Unterdrückung hatte Spuren der Verwüstung an Marys vorzeitig gealtertem Körper hinterlassen.

Dennoch, allen Widerständen zum Trotz: Henrys Tochter hatte ihren Glauben und ihre Krone verteidigt, die sie jetzt mit einem schneidigen und galanten spanischen Ehepartner zu teilen gedachte. Vielleicht zum ersten Mal in ihrem Leben war Mary Tudor glücklich.

2

Gern sah man die Spanier nicht, die mit ihren kecken Hütchen, aufgebauschten Halskrausen, kohlschwarzen Strumpfhosen und eng geschnürten Taillen, an denen lässig ihre Säbel hingen, jetzt zum Straßenbild gehörten. Sie galten als hochnäsig, da sie nur ihre Sprache beherrschten, die

Engländer für Bauernlümmel hielten, die nichts als Essen und Trinken im Kopf hatten, auf die englische Küche herabschauten und sowieso alles im Land als für zu teuer erachteten. Auch die englischen Frauen mit ihrem brandroten Haar und ihren hohen Busen waren nicht nach ihrem Geschmack, was Verbrüderungen oder gar Heiraten zwischen beiden Nationen auszuschließen schien (im Nachhinein sollte es allerdings ein paar Ausnahmen geben). Immer öfter kam es zu Reibereien, Wirtshausprügeleien, bisweilen wurden die Auseinandersetzungen auch mit dem Messer oder dem Degen ausgetragen.

Königin Mary, die immer sehr hispanophil gewesen war, zeigte viel Nachsicht gegenüber den Landsleuten ihrer Mutter und ihres Ehemanns. Den Herzog von Alba, der sich in England zu Tode langweilte, suchte sie mit Tierhetzen und anderen Schauspielen abzulenken, seine Gattin behandelte sie mit übertriebener Courtoisie: Als bei einem Empfang keine von beiden sich als Erste hinsetzen wollte, landeten die zwei auf dem Boden. Die Herzogin war darüber so erbost, dass sie sich nie wieder bei Hof zeigte.

König Philipp versuchte zu schlichten und sich bei den Engländern mit Maskeraden, Spielen und Turnieren beliebt zu machen. Beim *jeu de cannes,* wo die Gegner mit Stangen aufeinander einschlagen, machte er selbst so verwegen mit, dass seine Gattin, aus Sorge, es könne ihm etwas zustoßen, ihn bat, sich zu mäßigen.

An diesen spielerischen Kämpfen nahmen auch die Dudley-Brüder teil, die Mary auf Drängen ihres Gemahls hin begnadigt hatte. Es war klar, dass Philipp die englische Jugend auf seine Seite zu ziehen trachtete. Hoffte er etwa, dass sie im Krieg mit Frankreich seine eigenen Truppen verstärken würde?

Erwies sich der ansonsten etwas steife Philipp als zäher Kämpfer, so machte die Königin beim Tanzen eine bessere Figur. Ein rauschendes Ballfest gab es zum Beispiel bei der Hochzeit meiner Cousine Margaret Clifford, die im Frühling 1555 Lord Stanley heiratete. Margaret, eine Tochter meiner früh verstorbenen Tante Eleanor Brandon, bildete sich nicht wenig darauf ein, in der Thronfolge Platz sechs einzunehmen. Ich ignorierte die eingebildete Gans, aber sie setzte es eindeutig darauf ab, mich auszustechen. Indem sie immer wieder betonte, dass wir infolge der Hochverratsgeschichte nicht mehr für die Krone in Frage kämen, beanspruchte sie den Vortritt bei Hof für sich, noch vor unserer Mutter und deren Base Margaret Douglas (die aus der zweiten Ehe von König Henrys Schwester Margaret stammt).

Zu einem Eklat kam es in diesem Jahr, als die Stanleys, meine Mutter und Anne, eine nicht offiziell legitimierte Tochter aus der ersten Ehe von Großvater Brandon, sich in aller Öffentlichkeit um das Familienvermögen stritten. Erst als die Königin empört einschritt, wurde der Streit beigelegt.

Eine weitere Feier stand mit der Taufe von Elizabeth Cavendish an. Sie war die Tochter von Bess of Hardwick und ihrem zweiten Ehemann Sir William Cavendish, und ich durfte als Taufpatin fungieren. Wenig später verließ Mutter den Hof und kehrte mit meiner Schwester Mary nach Beaumanor zurück, um ihren Stallmeister, den einige Jahre jüngeren Adrian Stoke, zu heiraten. Darin folgte sie ihrer Stiefmutter Katherine Willoughby, die nach unserem Großvater ihren Hofmeister geheiratet hatte, sowie der Herzogin von Somerset, die sich für ihre zweite Ehe ihren Verwalter Francis Newdigate ausgesucht hatte. Vermählungen mit Männern niedrigeren Standes kamen dem Kronrat keineswegs ungelegen, denn sie schränkten das Feld der Kandidatinnen ein, die jetzt nicht mehr als Thronfolgerinnen in Frage kamen.

Von den Lustbarkeiten zog sich die Königin im Laufe des Jahres nach und nach zurück: Die Ärzte hatten ihr bestätigt, dass sie ein Kind erwartete.

3

Die gute Kunde bewegte ganz England und drang auch bis nach Madrid. Überall wurden Messen für eine glückliche Niederkunft gelesen. Nicht ohne Grund, denn die Königin stand im vierzigsten Lebensjahr, und von sechs Kindern, die ihre Mutter geboren hatte, war nur sie, Mary, am Leben geblieben.

Die Vorbereitungen für die Entbindung hielten den ganzen Hof auf Trab. Wir Hofdamen bestickten eine kostbare Bettdecke und Kissen für das Bett, in der die Monarchin niederkommen sollte. Für den jungen „Master" war eine wunderschöne Wiege mit lateinischen Sprüchen aufgestellt worden. Ärzte, Hebammen und Kindermädchen hielten sich bereit: Alles wartete auf die Geburt.

In ihrem gesegneten Zustand blühte die Königin auf. In dieser Stimmung war sie sogar bereit, ihre Schwester zu empfangen. Elizabeth war mehrere Monate im Tower gefangen gehalten worden, von wo sie flehende Bittgesuche an Mary richtete, sie zu ihr zu lassen, damit sie Auge in Auge mit ihrer Schwester ihre Unschuld darlegen könnte.

Eben an diese Unschuld glaubte Mary nicht. Sie war überzeugt, dass Elizabeth in das Wyatt-Komplott verstrickt gewesen war und an nichts dachte, als ihren Platz auf dem Thron einzunehmen. Auch Elizabeths plötzliche Kehrtwende in religiösen Dingen, sagte sich die Königin, war nur Scheinheiligkeit von einer, die nie Heuchelei und schamlose Schmeichelei gescheut hatte, wenn es um ihre eigenen Interessen ging.

Elizabeth war aber nun einmal Thronerbin, und so drängte Philipp seine Gemahlin, ihre Schwester anzuhören.

Bei dem Empfang musste auch ich zugegen sein, denn, so erklärte die Königin mit strenger Miene: „Ihr sollt sehen, Lady Katherine, wie ich mit Unbotmäßigkeit und Renitenz umgehe."

Mir musste das genauso peinlich sein wie Elizabeth. Als sie eintraf, war ich erschrocken, wie blass, abgemagert und angespannt sie war. Kaum war sie über die Schwelle getreten, da warf sie sich vor der unbewegt am Fenster stehenden Königin auf die Knie. Tränen strömten über ihre fahlen, eingesunkenen Wangen. Ohne sie anzusehen, sagte Mary in kaltem Ton: „Noch immer beharrt Ihr in Eurer Wahrheit. Und mir scheint, Ihr wollt das nicht zugeben, sondern meint noch dazu, Ihr seid zu Unrecht bestraft worden."

„Ich sehe nur, dass Eure Gnaden mir gegenüber nicht wohlgesonnen sind. Das ist eine Bürde, mit der ich leben muss. Jedoch …" Beinahe erstickten die Tränen Elizabeths Stimme. „… flehe ich Euch an, mir zu glauben, dass ich Eurer Majestät treueste Untertanin bin."

„Dios solo lo sabe." Mary wandte sich um und bedeutete Elizabeth sich zu erheben. „Doch Ihr macht es mir nicht leicht, Schwester."

„Ich beschwöre Euer Gnaden ..."

In diesem Moment öffnete sich eine Tür, die hinter der Tapete verborgen war. Philipp, der offensichtlich im Nebenzimmer das Gespräch mitgehört hatte, trat ein.

Elizabeth und ich versanken in einen Knicks. Er nickte zuerst mir zu - seit unserer ersten Begegnung war er immer sehr höflich gewesen, und er konnte ja nichts dafür, dass es sein Vater gewesen war, der am hartnäckigsten auf die Hinrichtung meiner Schwester und meines Vater bestanden hatte - , dann verbeugte er sich knapp vor Elizabeth.

„Comment vous portez-vous, Madame Elisabeth?"

Elizabeth, die ihr Spanisch nicht vergessen hatte, antwortete: „Gracias, Señor. Vuestra Merced es muy amable en recibirme."

Erleichtert, die Konversation in seiner Muttersprache führen zu können, sagte der König: „Es ist uns ein Vergnügen. Und wir hoffen, Euch öfters bei Hof zu sehen, liebe Schwester."

Seine wasserhellen, irgendwie verschwommenen Augen ruhten die ganz Zeit auf seiner Schwägerin, und sie entgegnete die Blicke aus ihren unerschrockenen Katzenaugen. Man konnte es nicht übersehen: Zwischen diesen beiden Menschen verlief ein Strom der Sympathie, der auch Königin Mary nicht entgehen konnte. Philipp meinte jetzt, dass eine „dama salerosa" wie Elizabeth doch bestimmt das Begehren habe, sich zu vermählen.

Elizabeths rote Augenwimpern zuckten einen Moment, dann sagte sie, demütig und doch selbstsicher: „Wenn es der Wunsch Eurer Majestäten ist …"

„Nun, Señora, ich wüsste schon ein paar geeignete junge Männer. Zum Beispiel den Herzog von Savoyen oder mein österreichischer Vetter, Erzherzog Karl."

„Dann muss Lady Elizabeth aber fleißiger die Messe besuchen", sagte Mary vom Fenster.

Elizabeth merkte, dass sie wieder in gefährliches Fahr-
wasser zu geraten drohte. Sie stotterte: „Ich möchte ja …
Aber ich bin so ungeschickt. Ich wurde im neuen Glauben
erzogen, und ich weiß nicht, wie ich mich in dem katholi-
schen Gottesdienst zu benehme habe."

„Wenn es weiter nichts ist … Wir schicken Euch gerne
Kapläne, die Euch über die Bedeutung der Allerheiligsten
Eucharistie unterrichten werden und auch, wie man sich in
der Kirche zu verhalten hat. – Aber Ihr könnt Euch ja bis
dahin im Rosenkranzgebet üben, Schwester."

Mit diesen Worten reichte die Königin Elizabeth einen
Rosenkranz, den diese mit einer Verbeugung entgegen-
nahm.

„Ihr dürft ihn ruhig küssen", fügte Mary trocken hinzu.
Worauf Elizabeth ihre Lippen scheu auf die Granatsteine
drückte, aus denen die Perlen des Kranzes gefertigt waren.

Ungerührt verweilten die Augen der Königin auf ihrer
gebückten und verlegenen Schwester. Dann sagte sie: „Ihr

könnt nach Woodstock zurückkehren und dort meine Befehle abwarten. Lady Katherine, begleitet Eure Cousine hinaus."

Die harten Blicke der Königin und die weichen, melancholischen ihres Gemahls folgten uns beim Hinausgehen. Ich sah, dass Elizabeth zitterte, als sie mit mir wie im Laufschritt durch die Laubengänge eilte. Die Demütigung würde lange in ihr brennen. Und mir würde sie nicht verzeihen, dass ich, wenn auch unfreiwillig, deren Zeugin gewesen war.

4

Der Flieder und die Kirschblüten waren verwelkt, in den königlichen Gärten von Hampton Court dufteten Rosen und Geißblatt um die Wette. Und noch immer war der nicht geboren, der über das größte Reich der Erde herrschen sollte.

Über die Monarchin, die gebären wollte und doch nicht konnte, begannen - insbesondere von Seiten der Spanier -

nunmehr grobe Scherze und Spottlieder zu zirkulieren. Einen falschen Alarm hatte es Ende April gegeben, als verkündet wurde, die Herrscherin sei mit einem gesunden Knaben niedergekommen. Schon ging die Nachricht an die ausländischen Höfe, in England sang man Messen und das Tedeum, die Geistlichkeit zog in Dankesprozessionen durch die Städte, das Volk feierte mit Gelagen und Freudenfeuern. Umso größer war die Enttäuschung, als sich herausstellte, dass die Wehen doch noch nicht begonnen hatten.

Hatte die Königin sich nicht in der Berechnung ihrer Monatsregeln geirrt, so musste sie jetzt im achten oder neunten Monat sein. Immer selten sah man sie ausgehen, denn sie fürchtete die Blicke, die sie prüfend ansahen und ihren Leibesumfang abmaßen.

Der war zurückgegangen, und das Gerücht kam auf, die Königin sei mit einem dicken roten Klumpen niedergekommen oder anstatt eines Leibesfrucht trage sie eine Geschwulst in ihrem Bauch. Mary glaubte, Gott wolle sie wegen ihrer religiösen Saumseligkeit strafen, und wies ihre Bischöfe an, noch eifriger Ketzer aufzuspüren und zu verbrennen als bisher.

Die Sommerhitze setzte ein, aber wir wagten nicht, die Fenster zu öffnen, aus Angst vor schädlichen Miasmen oder indiskreten Blicken. Denn immer lauerten draußen Neugierige, die wie wir auf die erlösende Nachricht warteten.

Die kam nicht. Konnte es sein, dass, wie vielfach gemunkelt wurde, Mary sich derart ein Kind wünschte, dass bei ihr sämtliche Symptome einer vermeintlichen Schwangerschaft aufgetreten waren?

Infolge des Regens, der die Frucht auf den Feldern verdarb, wurde die Luft faulig, und in den Palasträumen, wo sich so viele Menschen drängten, herrschten stickige Enge und Schwüle. Die Furcht ging um, dass das Schwitzfieber oder gar die Pest, wie so oft im Sommer, erneut zuschlagen könnte.

Die Königin verbrachte ihre Tage damit, auf Kissen gestützt am Boden zu hocken und stumpf vor sich hin zu stieren. Unsere Lieder und unser Lautenspiel lenkten sie kaum noch ab, und selbst das Kartenspiel interessierte nicht mehr. In dieser niedergedrückten Stimmung schickte sie sogar ihre

Närrinnen Jane Foole und Lutetia the Tumbler fort, deren Späße sie sonst bis zu Tränen zum Lachen brachten.

König Philipp wurde immer nervöser. Zur Beerdigung seiner Großmutter Juana, die man die Wahnsinnige nannte und die sein Vater ein halbes Jahrhundert in Tordesillas interniert hatte, um selbst in Kastilien und Aragon regieren zu können, hatte er nicht gehen können. Jetzt rief der Kaiser ihn zu sich, um die Teilung seiner Länder zu regeln. Seine fünfzigjährige Herrschaft hatte Karl V. auf Feldzügen und Schlachtfeldern in Deutschland, Frankreich und Italien verbracht, jetzt war er ausgelaugt und gedachte seine Kronen abzulegen.

Philipp wollte sich nicht länger hinhalten lassen. Ruy Gómez und weitere spanische Höflinge waren bereits nach Flandern abgereist. Der Aufforderung seines Vaters konnte er sich nicht entziehen.

Als ihr Gemahl sich am 29. August in Greenwich einschiffte, schaffte Mary es gerade noch, die Fassung zu wahren. Sie eilte zu einem Fenster in der Schlossgalerie und spähte nach dem Scheidenden aus, der am Schiffsdeck aufmunternd seinen Hut vor ihr zog. Dann brach sie in haltlose Tränen aus.

5

Um sich von ihrem Kummer abzulenken, wandte sich Königin Mary verstärkt religiösen Dingen zu. Auf Drängen von Erzbischof Gardiner, noch mehr aber Kardinal Pole gingen die Scheiterhaufen nicht mehr aus in England. An sich war die Tudor-Königin keine grausame Frau, sie war aber überzeugt, dass, wenn die Häretiker ihren Frevel mit dem Feuertod büßten, sie den Flammen im Jenseits entkommen könnten, sie also durch ihre unerbittliche Bestrafung ein gutes Werk tue.

Der Erste, der die Scheiter am 4. Februar 1555 bestieg, war der verheiratete Londoner Priester John Rogers. Er flehte die Umstehenden an, die Flammen zu schüren, um seinen Tod zu beschleunigen, sein Martyrium dauerte jedoch drei Viertelstunden.

In den nächsten Jahren sollten 240 Männer und 60 Frauen brennen. Es waren nicht nur mit dem Makel des Lutheranertums behaftete Priester und Prälaten, sondern vor allem Menschen aus dem Volk. Es genügte eine Denunziation, ein allzu eifriger Dorfpastor, der fand, dass ein Mitglied seiner Gemeinde das Vaterunser oder die Sieben Sakramente nicht lückenlos aufsagen konnte, und dieses wurde den Flammen überantwortet. Man schickte Greise und Krüppel und halbe Kinder auf die Scheiterhaufen. In Gloucester wurde ein blinder Knabe verbrannt, auf Guernesey eine hochschwangere Frau, die mitsamt ihrem Kind, das sie während der Hinrichtung gebar, in den Flammen starb.

Hatte es geregnet, so war der Tod auf dem feuchten Holz qualvoll. Einen solch fürchterlichen Tod erlitt Bischof Nicholas Ridley, der sich in beflissenen Predigten für meine Schwester Jane eingesetzt hatte. Der Vater der Reformation in England, Erzbischof Cranmer, musste sechs Monate später sterben. Obwohl er dem Protestantismus abgeschworen hatte, bestand Königin Mary auf seiner Hinrichtung. Bevor er starb, machte Cranmer seinen Widerruf zugunsten Roms rückgängig, und hielt seine rechte Hand, die den Abschwörungsakt unterzeichnet hatte, als erste in die Flammen.

Bischof Hugh Latimer, der zusammen mit Ridley verbrannt worden war, hatte (so berichtet das 1563 herausgekommene „Book of Martyrs") auf dem Scheiterhaufen die prophetischen Worte gesprochen: „Heute entzünden wir in England eine Kerze, die mit Gottes Gnaden nie ausgehen wird."

6

Mary tat alles, um Philipp dazu zu bewegen, zurückzukehren. Sie schickte ihm zärtliche Briefe und englische Pasteten. Ihre Stimmung war so trüb wie das Wetter, das herbstliche Stürme und Überschwemmungen brachte, wie England sie seit Menschengedenken nicht erlebt hatte.

Auf die Schreiben seiner Gattin reagierte Philipp mit der Trotzreaktion, dass er zurückkommen würde, wenn er zum König von England gekrönt werden würde. König von Spanien war er schon, denn sein Vater hatte abgedankt und ihm die Krone übertragen. Im Kloster von Yuste, wohin sich der amtsmüde Kaiser zurückgezogen hatte, wurden die Einzelheiten des Thronwechsels geregelt. Demnach würde Spanien mit den Niederlanden, weiten Teilen Italiens, der Franche-Comté sowie den neu eroberten Ländern Lateinamerikas Philipp erben. Ferdinand, Karls Bruder, würde Kaiser des Deutschen Reiches werden.

Verschwörungen mehrten sich, darunter die eines gewissen Cleobury, der sich als der ins Ausland geflohene Courtenay ausgab und Elizabeth zur Königin ausrief. Wieder einmal wurde Elizabeth in den Schmutz gezogen, und Marys Feindseligkeit ihr gegenüber nahm zu. Dennoch beherzigte sie den Rat ihres Gemahls, schonend mit ihrer Schwester umzugehen. Sie besuchte sie sogar in Hatfield und brachte ihr Paramente und Messkelche für ihre Hauskapelle mit. Ihrerseits bot Elizabeth ein Bühnenstück von Marys Lieblingsdramatiker John Heywood und begleitete den berühmten Knabensopran Maximilian Poynes auf dem Virginal. Die Schwestern schieden in scheinbarem Einvernehmen.

In diesem langen, verregneten Sommer besuchte ich meine Mutter und ihren Mann in Beaumanor. Adrian Stokes war ein umgänglicher, wenn auch unbedeutender Mann, der seine Unscheinbarkeit (unter Mutters Einfluss) durch teure modische Kleidung und ein ambitioniertes Spitzbärtchen zu kompensieren suchte. Mutter hatte zwei Totgeburten erlitten, von denen sie sich nur mühsam erholte. Eine 1555 geborene Tochter, Elizabeth, lebte nur ein Jahr. Dick und träge geworden, gab die einst von Leben sprühende Herzogin von Suffolk sich ihrer Apathie hin.

Ich war froh, an den Hof zurückkehren zu können, wo es allerdings nicht viel fröhlicher zuging.

7

Philipp kehrte im März 1557 nach England zurück, nachdem ihm seine Gattin - inzwischen Königin von Spanien - ihm zugesichert hatte, dass ihre Truppen mit den spanischen in den Krieg gegen Frankreich ziehen würden. Später,

später vielleicht würde auch seinem Begehren, in der Westminster-Abtei gekrönt zu werden, stattgegeben werden.

Von Papst IV., der die Habsburger hasste, angestachelt, hatte Henri II. von Frankreich den seit einigen Jahren geltenden Waffenstillstand gebrochen. Unmittelbar nach seiner Ankunft auf englischem Boden begann Philipp Soldaten auszuheben, denen sich u.a. auch die begnadigten Dudley-Brüder anschlossen.

Mit besonderer Fürsorglichkeit trachtete Mary ihren Gemahl von seinen militärischen Prioritäten abzulenken. Ihm zu Ehren gab sie glänzende Empfänge, zu denen auch Elizabeth in einem blumengeschmückten Schiff herbeigesegelt kam.

Philipp hoffte noch immer, dass seine Schwägerin Herzog Emmanuel Philibert von Savoyen heiraten würde, der seine in Flandern stehenden Truppen befehligte. Um Elizabeth für diese Heiratspläne zu gewinnen, ließ er seine Halbschwester Margarete von Parma und seine Cousine Christine, Herzogin von Lothringen, nach England kommen.

Margarete war eine uneheliche Tochter Karls V. und Christine eine Tochter des abgesetzten Königs Christian II. von Dänemark. Die kapriziöse kleine Person hatte einst (zu ihrem Glück) die Werbung Henrys VIII. abgewiesen, war aber noch immer für ihr kokettes Wesen bekannt. Mary befürchtete, dass Philipp den Reizen seiner Base erliegen konnte, und quartierte sie in einem Trakt weit von ihren eigenen Gemächern ein. Sowieso konnten die beiden Damen nichts ausrichten und reisten nach einem Monat wieder ab.

Die Königin war nicht nur von Eifersucht geplagt, sondern auch durch die hartnäckige Weigerung Elizabeths, den Savoyer zu heiraten, erbost. Mehr denn je entschlossen, ihre Schwester von der Thronfolge auszuschließen, drohte sie, diese erneut in den Tower zu sperren, und konnte nur durch die Mahnungen Philipps dazu gebracht werden, sie nach Hatfield zurückzuschicken.

Es war kein Wunder, dass die frustrierte Monarchin sich in eine erneute Schwangerschaft flüchtete. Während ihr Gemahl die königliche Flotte, vermehrt durch zwei prachtvolle neue Galeonen, die „Philip and Mary" und die „Mary Rose", ausrüstete, zog seine Gattin sich zu der erneut aufgestellten

Wiege und der Babyausstattung, die Elizabeth genäht hatte, zurück.

Alle waren skeptisch, und nicht einmal Philipp glaubte, dass Mary ein Kind zur Welt bringen würde. Und doch, während ihr von Alter und Krankheit vor der Zeit verwüsteter Leib anschwoll und wieder abschwoll, klammerte sich die Königin an ihre unstillbare Sehnsucht, einen Thronerben für ihre beiden Reiche zu gebären.

Philipp konnte dies nicht von seiner Kriegslust abbringen. Am 6. Juli 1557 nahm die Königin ein zweites, endgültiges Mal Abschied von ihrem Gemahl. Als Stütze hatte Philipp ihr seinen Beichtvater Francisco Bernarda de Fresneda dagelassen.

8

Einmal mehr suchte das Schwitzfieber in diesem Sommer England heim. Hunderte fielen der verheerenden Seuche zum Opfer, und auch vor den königlichen Palästen machte sie nicht Halt. Jane Dormer erkankte daran und wurde von

Marys Leibärzten versorgt. Als auch Jane Seymour und ich selbst zu fiebern begannen, mussten wir uns mit den üblichen Quacksalbern begnügen. Ich kam rasch wieder auf die Beine, bei Jane, die ich, so gut ich konnte, pflegte, dauerte die Genesung länger.

Damit wir uns erholen konnten, schickte die Königin uns aufs Land, nach Hanworth, dem Wohnsitz von Janes Mutter und ihrem zweiten Mann Francis Newdigate. Der Gedanke, der Herzogin von Somerset gegenüberzutreten, machte mir etwas Angst: Für ihren Hochmut war sie einst vom Earl von Surrey in einem Gedicht als Wölfin gegeißelt worden, die sich zu schade war, mit Löwen (also ihm selbst) zu tanzen. Es wurde auch gesagt, ihre Art, sich in die Politik einzumischen, habe zum Sturz ihres Gatten, des Lord Protectors, beigetragen.

Die zwei Jahre, die sie im Tower hatte verbringen müssen, schienen jedoch Anne Seymours Charakter gemildert zu haben. Sie musterte mich aus ihren rundlichen Augen, unter denen eine prosaisch platte Nase saß (wie hatte diese Frau als große Schönheit gelten könnnen?) und hieß mich

herzlich auf Hanworth willkommen. Nicht weniger freund-
lich war ihr Gatte, der mich einfältig lächelnd von Kopf bis
Fuß begutachtete. Dann meinte er: „Dass man am Hof der
spanischen Könige solch blaue Augen, blonde Haare und
entzückende Wangengrübchen finden würde, hätte ich
nicht gedacht."

„Francis, mäßige dich", brummte die Herzogin, die für
ihre unverblümte Manier bekannt war. „Aber wie wär es,
wenn ihr Mädels euch gleich hinlegt? Die Fahrt muss an-
strengend gewesen sein."

„Oh nein, die Königin hat uns eine sehr bequeme Sänfte
gegeben", sagte ich, und Jane fügte hinzu: „Ich denke, wir
gehen zuerst in den Park. Die frische Luft wird uns guttun."

„Natürlich. Dann nimm deinen Bruder mit. – Edward,
bist du so gut und begleitest die jungen Damen?"

Und auf diese Weise trat der in mein Leben, der meine
große Liebe, die Quelle unendlicher Freuden und unbe-
schreiblicher Leiden werden sollte.

Edward Seymour war im Alter von zehn Jahren ausgeritten, um Hilfe für seinen von allen Seiten angegriffenen Vater zu suchen. Er war mit meiner Schwester Jane verlobt, bevor die Dudleys für meine Eltern eine gewinnträchtigere Verbindung wurden. Dafür hatte Edward die Genugtuung, der Hinrichtung seines Todfeindes, des Herzogs von Northumberland, beizuwohnen.

Jetzt war er Earl of Hertford und neunzehn Jahre alt. Während er uns durch den Park geleitete, warf ich heimliche Seitenblicke auf seinen hohen, schlanken Wuchs, ganz in schmeichelhaftes Blau gehüllt, und das offene, joviale Gesicht, das ein noch nicht sehr altes, keckes Bärtchen umrahmte. Auch er beobachtete mich nicht ohne Interesse. „Wenn ihr müde seid, können wir ja eine kleine Pause machen", sagte er.

„Wir müssen ja nicht bis ans Ende des Parks gehen."

„Ich gehe gerne zu Fuß", sagte ich. „Stimmt es, dass König Henry hier öfters zur Jagd geritten ist?"

„Mit Anne Boleyn", sagte Jane, aber, ehe sie fortfahren konnte, fiel ihr Bruder ihr schnell ins Wort: „Hier unter den Blutbuchen ist es schön schattig. Das ist angenehm an so einem heißen Tag."

„Die Sonne macht mir nichts aus", sagte ich.

„Aber Ihr habt so einen hellen Teint, Lady Katherine." Bewundernd sahen die ausdrucksvollen rehbraunen Augen auf mich herab. „Mit einem Glanz wie Perlmutter."

Wir Mädchen kicherten, und ich blickte halb entzückt, halb verlegen zu Boden. „Der Park ist wunderschön angelegt. Wer kümmert sich darum?"

„Unsere Mutter natürlich. Das lässt sie sich nicht nehmen. - Was ist denn Eure Lieblingsblume, my Lady?"

„Ich weiß nicht", kicherte ich. „Vielleicht die Gartennelke."

In diesem Ton ging es weiter, und obwohl wir nichts als Banalitäten austauschten, war mir noch nie ein junger Mann so witzig und wortgewandt vorgekommen wie Edward Seymour. Die folgenden Wochen verbrachten wir mit Ballspielen, *pall mall*, Ausfahrten im Boot oder mit der Kutsche. Einmal pflückte er mir eigenhändig Kirschen und wäre beinahe vom Baum gefallen. Jane, die sich noch schonen musste, ruhte sich zumeist im Schatten aus. Oder ließ sie uns gerne allein, als sie unsere wachsende Vertrautheit sah?

Wie auch immer, wir kamen uns näher. Und als wir am Ende des Sommers Abschied nehmen mussten, versprachen wir uns gegenseitig, den Kontakt nicht abreißen zu lassen, sondern ihn im Briefaustausch aufrechtzuerhalten.

9

Die Franzosen hatten Metz, Toul und Verdun eingenommen und drangen nach Flandern vor. Englands Soldaten nahmen aktiv am Kriegsgeschehen teil, darunter Robert Dudley, der auf eigene Kosten eine Kompanie ausgehoben hatte. Bei der nachfolgenden Belagerung von Saint-Quentin sollte sein Bruder Henry fallen, es wurde aber ein glänzender Sieg für die anglo-spanischen Truppen, denen es gelang, am 27. August die Stadt zu erstürmen.

Die Königin gab sich nach wie vor der Hoffnung auf Mutterschaft hin, ihre Ärzte und Hebammen aber deuteten an, dass sie mit ihren einundvierzig Jahren nicht mehr gebärfähig war.

Von ihrem Bett aus verfolgte Mary begierig den Kriegszug. Bestürzend für alle war die Eroberung des luxemburgischen Thionville durch die Franzosen, ein Schock jedoch der Fall von Calais am 7. Januar 1558. Über diesen Verlust sollte

Mary nie hinwegkommen. Hinzu kam, dass ihre Untertanen sie für dieses Unglück wie auch für alles andere Übel, das England in jenen Tagen befiel – Hungersnot, Missernten, Grippeepidemie – verantwortlich machten. Viele, die Mary Tudor bei ihrer Thronbesteigung als rettenden Engel begrüßt hatten, fluchten ihrer jetzt. Was, sofern sie das mitbekam, sie zutiefst betrübte.

Philipp entsandte einen engen Vertrauten, den Grafen und späteren Herzog von Feria, um sich über den Fortschritt der Schwangerschaft zu erkunden. Der Herzog konnte in dieser Angelegenheit nichts Neues berichten, machte jedoch durch seine freundliche Galanterie Eindruck auf die Damen des Hofes, insbesondere meine Freundin Jane Dormer.

Elizabeth wurde ein neuer Heiratsantrag gemacht, diesmal von Erik, dem schwedischen Kronprinzen. Seinem Vater, dem König Gustav Wasa, musste die ergrimmte Königin Mary den negativen Bescheid geben, dass ihre Schwester sich nicht zu vermählen, sondern in England zu bleiben wünschte.

Niederschmetternd für alle war die Nachricht, dass Kaiser Karl V. am 21. September in Yuste verschieden war. Für seinen Sohn ein Vorwand mehr, nicht nach England zu kommen.

Der Königin ging es immer schlechter. Im Glauben, von jedermann verfolgt und angefeindet zu werden, wurde sie immer missmutiger. Im Herbst fesselte sie ein Grippeanfall endgültig ans Bett. Heimlich schickte Philipp seinen Botschafter Feria nach Hatfield, um Elizabeth über ihre Pläne bei ihrer bevorstehenden Thronbesteigung zu befragen. Aussichten, die nicht gerade nach dem Geschmack des Grafen waren, denn eine evangelische Herrscherin war das Letzte, das er sich für England wünschte. Außerdem war er mit Jane Dormer so gut wie verlobt. Die Königin war in die Heiratspläne eingeweiht, bat jedoch ihre enge Vertraute, bis zur Rückkehr ihres Gemahls mit der Hochzeit zu warten.

Mary hatte noch Zeit, dem Vorschlag des Kronrats zuzustimmen, Elizabeth als ihre Nachfolgerin zu akzeptieren, vorausgesetzt, diese respektiere den alten Glauben und bezahle ihre Schulden, dann fiel sie ins Koma. Am 10. November bestiegen als letzte Opfer der Religionsverfolgung fünf

Häretiker in Canterbury den Scheiterhaufen, den Befehl zur Verbrennung von zwei weiteren konnte die Monarchin nicht mehr unterschreiben. Einen Brief ihres Gemahls aus Spanien vermochte sie auch nicht mehr zu lesen.

In einzelnen wachen Momenten zwischen Fieberträumen seufzte sie: „Wenn ich tot bin, werdet ihr Calais in meinen Herzen finden."

In ihrem Fieberwahn glaubte sie singende und spielende Kinder zu sehen, die wie Engel aussahen. Ihr Gefolge begann sich zu lichten, denn viele Höflinge waren bereits auf dem Weg nach Hatfield, um sich der neuen Herrscherin zu Füßen zu werfen. Susan Clarencieux und die treue Jane Dormer harrten am Sterbebett aus. Mary hatte noch die Kraft, eine Messe zu hören und Jane Dormer einen Ring zu geben, den sie und ihr Verlobter als Zeichen ihrer Liebe ihrem Gemahl übergeben sollten.

Am 17. November verschied, den Blick auf das Kruzifix gerichtet, Mary I., Englands unglücklichste Herrscherin.

10

Obwohl Elizabeth mich nicht liebte, musste sie mich auf Grund meines Rangs als Hofdame behalten. So war ich dabei, als die Krönung mit einem Pomp gefeiert wurde, wie ihn England noch nicht gesehen hatte. Tausende von Menschen säumten die Themse und die Straßen London, um den Zug zu sehen. Mit anderen Damen saß ich auf einem mit goldenen Nägeln beschlagenen und mit gestreiftem gold- und scharlachfarbenen Satin gepolsterten Prunkwagen. Unter leichtem Schneegestöber fuhr die neue Herrscherin in einem offenen Baldachingefährt zur Westminster-Abtei, unmittelbar von Robert Dudley gefolgt. Die mittlerweile

Fünfundzwanzigjährige war eine strahlend-jugendliche Erscheinung in ihrer goldenen Damastrobe, über die der Hermelin hing, den eine enge Halskrause abschloss. Da Mutter und Margaret Douglas aus Gesundheitsgründen ausgefallen waren, trug eine andere Verwandte, die neue Herzogin von Norfolk, Margaret Audley, die Schleppe. Der von William Mundy geleitete Chor sang voller Inbrunst, die

Lesungen waren auf Wunsch der Monarchin in der Landessprache. Sie hatte Bischof Jewel angewiesen, die Hostie nicht hochzuheben. Der Priester folgte seinem Gewissen und tat es doch. Worauf Elizabeth sich umwandte und, Szepter und Reichsapfel umklammert, hinaussegelte, die verstörte Margaret Audley mit der Schleppe hinter sich herziehend.

Jane Dormer sah ihren ihr frisch angetrauten Gatten Feria erschrocken an. Unter seinem Oliventeint war der blass geworden. In England war die hohe Zeit der Katholiken zu Ende gegangen.

11

Kurz nach der Krönung machte Philipp von Spanien seiner früheren Schwägerin einen Heiratsantrag. Den diese natürlich ablehnte. Graf Feria verstand ihre diplomatisch unkluge Entscheidung nicht, war aber umso entschlossener, dieser wankelmütigen Königin und ihrem Land den Rücken zu drehen.

Philipp kam über die Abweisung hinweg, indem er nach dem Friedensvertrag von Cateau Cambrésis zwischen Spanien und Frankreich die kaum vierzehnjährige Elisabeth von Valois, Tochter des Königs Henri II., zur Frau nahm. Um Königin Elizabeth warben einmal mehr der inzwischen König gewordene Schwede Erik XIV. sowie die österreichischen Erzherzöge Ernst, Ferdinand und Karl. Der Reihe nach wurden sie höflich, aber bestimmt zurückgewiesen.

Für Elizabeth gab es sowieso nur einen Mann, ihren Jugendfreund Robert Dudley. Wie weit die Vertraulichkeit mit ihrem „süßen Robin" gediehen war, wusste man nicht, es wurde aber gemunkelt, er gehe in ihren Schlafgemächern ein und aus. Der draufgängerische Robert, der dunkel wie ein Zigeuner war, war aber auch ein stattlicher Bursche, so dass ich Elizabeth gut verstehen konnte. Heiraten konnte sie ihn allerdings nicht, denn er war schon vermählt. Aber sowieso hatte die Königin - dem Drängen des Parlaments zum Trotz - immer wieder versichert, dass sie ledig bleiben wollte.

Was mich betrifft, so musste ich ein ganzes Jahr warten, bis ich meinen Ned wiedersah. Wie in jedem Sommer machte sich der Hof in den Heumonaten auf, um in naheliegenden Schlössern Zerstreuung und Entspannung zu suchen. Nach der Schwüle tagsüber wurde bis spät in die Nacht gefeiert. Ach, war das ein Schwärmen und Kosen zwischen mit Fackeln beleuchteten Fontänen und Spalieren! Endlich konnte ich mich meinem Ned völlig hingeben und fand so etwas, was mir mit Henry Herbert verwehrt gewesen war. Im verwunschenen Schloss Nonsuch fanden sich immer wieder verborgene Schlupfwinkel, wo wir uns einander widmen konnten. Und überkam uns einmal tagsüber das Verlangen, stellte uns die liebe Jane ihr Schlafzimmer zur Verfügung.

Auch in Eltham war Ned mir Halt und Trost. Zwar mussten wir vorsichtig sein, dass unser Verhältnis nicht Anlass zu Tratsch und böswilligen Bemerkungen gab, aber etlichen Leuten war es bereits aufgefallen. Nur die Königin schien noch nichts in Acht genommen zu haben.

Auf Eltham machte Jane Dormer, Gräfin von Feria, ihre Aufwartung, um sich vor ihrer Abreise nach Spanien von Elizabeth zu verabschieden. Diese ließ die Hochschwangere fast eine Stunde im Vorzimmer warten.

Eine Rücksichtslosigkeit, über die ihr spanisches Gefolge den Kopf schüttelte. Jane wagte sich nicht einmal zu setzen, in der Annahme, die Königin würde jeden Augenblick erscheinen.

Ich suchte die Arme abzulenken. „In Eurem Zustand, Jane, wird die Reise doch sehr beschwerlich werden."

„Aber nein, wir werden uns Zeit lassen. Wir wollen in Mecheln die Herzogin von Parma besuchen, und wir hoffen, in Blois oder Amboise das französische Königspaar zu sehen."

„Würdet Ihr dann die Güte haben, Königin Mary meine ergebenen Grüße auszurichten?"

„Ach ja, ich vergaß, dass die schottische Königin Eure Base ist."

„Eine von vielen ... Der Tod von König Henri war ja so schrecklich. Man sollte diese dummen Turniere verbieten, sie sind ja auch nicht mehr zeitgemäß."

„Nun, ob unsere Männer darauf verzichten können ..."

Jane trat von einem Bein auf das andere, aber Elizabeth kam noch immer nicht. In dem überfüllten Saal war es stickig, die Damen fächerten sich hektisch Luft zu, die Herren fingerten an ihren Halskrausen. Kühlung war nicht in Aussicht, nicht einmal ein Glas Wasser wurde den Besuchern angeboten. Ich sagte zu Jane: „Ich weiß nicht, ob ich es wagen darf, König Philipp meine Grüße auszurichten. Er wird sich kaum an mich erinnern."

Jane warf mir einen schnellen Blick zu. „Ihr irrt, Katherine. Seine Majestät der König erinnert sich an jedes Gesicht. Besonders wenn es von politischem Interesse ist. Oder ..." Ein leicht verschmitztes Lächeln. „... das einer Frau ist."

Einer der Höflinge wandte sich ungehalten an Lordkämmerer Howard von Effingham, der mit seinem Amtsstock wie eine Statue vor der Tür zum Audienzraum stand. Der Kammerherr näselte irgendeine Belanglosigkeit, worauf ein Murren durch die Gesellschaft ging. Ayala, der neue Botschafter am englischen Hof, schnappte mit empört bebendem Spitzbart vor. „Das ist unerhört. Die Königin scheint zu vergessen, wessen Frau die Gräfin ist. Seine Gnaden Don

Gómez de Figueroa y Córdoba sind nicht der Vasall der Königin."

Endlich kam Bewegung in den Kammerherrn. Er murmelte: „Ich will sehen, ob Seine Majestät bereit ist", und verschwand hinter der Tür.

Erleichtert lehnte sich Jane an die Wand, aber ich sah Schweißtröpfchen auf ihrer Stirn. Ich bemerkte: „Ich nehme an, Ihr nehmt dem König den Ring mit, dem ihm unsere verstorbene Herrin auf dem Sterbebett gegeben hat."

Sie nickte: „Nun, die Juwelen, die er ihr schenkte, kann ich ihm ja nicht zurückgeben. Eurer neuen Herrin haben sie zu gut gefallen."

Da dies eine heikle Sache war, fragte ich sie noch, wer sie alles nach Spanien begleiten würde. Sie erwähnte Susan Clarencieux und einige Ordensleute, denen es in England nicht mehr gefiel. Und sie fügte hinzu: „Es wäre schön, wenn Ihr auch mitkommen könntet, liebe Freundin."

Das kam natürlich nicht in Frage. Sicher hatte Graf Feria einmal angedeutet, dass ich in seiner Heimat ein besseres

Leben haben könnte und meiner Stellung entsprechend geachtet würde. Ich war aber nicht wie Jane, die ohne Bedenken ihrem Mann in ein fremdes Land folgte. Und ich war nicht wie die Ferias eine fervente Katholikin, vielmehr spielte ich mit dem Gedanken, zu dem Glauben zurückzukehren, an dem alle in meiner Familie – Jane, meine Eltern, meine Stiefgroßmutter – gehangen hatten.

Endlich waren wir erlöst, die Königin rauschte herein, mit einem Lächeln, als sei nichts gewesen. Es wurde eine durchaus freundliche, wenn auch unverbindliche Unterhaltung. Zwar war eine leichte Spitze dabei, als Elizabeth neckisch meinte, Philipp sei doch ein treuloser Verehrer, da er sie so schnell wegen der französischen Königstochter vergessen habe, danach plauderte man unbefangen über spanische Weine und Apfelsinen und die Schönheit der Alhambra.

Dann waren die Besucher huldvoll entlassen, und die Königin beauftragte Kammerherr Howard, Jane und ihre Gefolge bis zu ihrem Haus in Rochester zu eskortieren.

12

Als Gebieterin war Elizabeth nicht so leicht zufriedenzustellen wie ihre Vorgängerin. Ungeduld war eine ihrer herausragendsten Eigenschaften: Präsentierte eine Hofdame ihr das falsche Geschmeide oder war eine der Roben, die immer umfangreicher und kostbarer wurden, nicht schnell genug bereit, setzte es einen scharfen Verweis oder gar einen Schlag mit dem Fächer auf die Finger.

Vielleicht war die Sache mit Robert Dudley so gut voranging, war sie in diesem Jahr etwas nachsichtiger mit mir. Wahrscheinlich befürchtete sie, ich könnte wirklich nach Spanien gehen, und das wäre eine Blamage für das ganze Land.

Mir konnte das recht sein, solange Ned mir weiter Liebesbriefe und Gartennelken schickte. Und wenn Elizabeth den ganzen Tag mit ihrem Robin auf die Jagd ging, hatte ich wenigstens meine Ruhe.

Wir waren unserer Sache jetzt so sicher, dass wir planten, unseren Bund mit einer Verlobung und einer späteren Heirat zu besiegeln. Dafür galt es zuerst einmal den mütterlichen Segen einzuholen.

Den gab sie uns gerne. Mutter hatte Edward immer gemocht, und wenn ihre Lieblingstochter jetzt den Mann bekommen würde, der einst für Jane bestimmt gewesen war, wäre ihr ein Herzenswunsch erfüllt. Sie versprach, sich bei der ersten Gelegenheit bei der Königin für uns zu verwenden.

Daraus sollte leider nicht werden. Meine gute Mutter starb im November 1559 im Beisein ihrer beiden Töchter. Elizabeth, die sich herzlich wenig um das Testament und die Bestattung ihrer Schwester gekümmert hatte, richtete ihrer Cousine eine würdige Beisetzung und ein Grab in der Westminster-Abtei aus.

Auch wenn wir unsere Fürsprecherin verloren hatten, gaben wir nicht auf. Adrian Stokes riet Ned, Vorstöße im Kronrat zu machen und auch sonst seine Beziehungen spielen zu lassen. Ein Ratschlag, den mein Geliebter gewissenhaft befolgte. So freundete er sich mit dem Herzog von Finnland, Prinz Johann von Schweden, an, der den Brautwerber für seinen königlichen Bruder machte, und wurde dessen regelmäßiger Tennispartner. Während sie Elizabeth umschmeichelten, konnten die Schweden vielleicht ein gutes Wort für uns einlegen.

Ned und ich führten unsere heimlichen Treffen fort. Mal kamen wir in Janes Gemächern, mal im Londoner Stadtpalais der Hertfords zusammen. Dort glaubte ich mit den natürlichen Instinkt einer Frau, eine gewisse Entfremdung im Benehmen meines Verlobten zu spüren. Anscheinend hatten ihm sowohl seine Mutter als auch Staatssekretär William Cecil von einer Verbindung mit mir abgeraten. Als mir dann zu Ohren kam, dass er sich für ein Mädchen namens Frances Mewtas interessiere, stellte ich ihm ein Ultimatum: Ob mit oder ohne Zustimmung der Königin, wir würden uns trauen lassen, und zwar so schnell wie möglich.

13

Ehe und Kindersegen waren der wunde Punkt der gefühlskalten Königin, was mit dem unglücklichen Ende ihrer Mutter zusammenhängen mochte. Ihre Beziehung zu Robert Dudley bekam einen Bruch, als dessen Frau Amy Robsart im September 1560 sich bei einem Sturz von der Treppe das Genick brach. Da sie am Tage ihres Todes sehr melancholisch gewesen war und alle Bediensteten aus dem Haus geschickt hatte, dachte man an einen Selbstmord. Eine Untersuchung kam dann zu der Schlussfolgerung, dass es ein Unfall gewesen war, sofort zirkulierten aber Gerüchte, man könnte dem Unfall nachgeholfen haben. Robert Dudley wurde erwähnt und natürlich auch die Königin.

Wie immer war Elizabeths Reaktion eine Kurzschlusshandlung: Sie brach eine Zeitlang jeden Kontakt mit ihrem Liebling ab und zerriss das Patent, das ihn zum Earl machen sollte. Hatte sie an eine Vermählung mit Robert gedacht, so kam dies jetzt nicht mehr in Frage.

In der Folge war die Königin in den nächsten Tagen und Wochen unausstehlich zänkisch und schlecht gelaunt. Undenkbar, sie jetzt um die Erlaubnis für unsere Heirat zu bitten. Wir wollten aber nicht länger warten, und so schritten wir zur Tat.

14

1560, ein ungemütlicher Dezembermorgen. Aus den Gärten von Whitehall schleichen zwei in Mäntel gehüllte weibliche Gestalten: Jane Seymour und Katherine Grey. Gegen den eisigen Wind geduckt, marschieren sie am Themseufer entlang bis zur Cannon Row. In Hertford House wird ihnen die Eingangstür von Edward Seymours Lakai John Jenkins geöffnet. Von der Treppe trampelt ihnen großäugig ein zweiter Diener, Christopher Barnaby, entgegen. Jane fährt ihn an: „Ist Seine Lordschaft da?"

„Kommt gleich", murmelt Barnaby. Aufregt fährt er sich mit der Lippe über die Zunge. „Er bittet die Damen, bereits im Salon Platz zu nehmen."

„Gut, dann geh ich inzwischen zur Margaretenkirche",
sagt Jane und verschwindet. Eine Viertelstunde später
kommt sie mit einem Priester in einem langen schwarzen
Talar mit Lammfellkragen, zur selben Zeit wie Ned. Er hat
die Ringe besorgt. „Oh Ned, mein Liebster!" Mit leuchten-
den Augen bewundere ich die Diamanten, in deren fünffa-
che Goldumrandung Verse eingeritzt sind.

„Der Goldschmied hat sie gerade noch rechtzeitig fertig-
gestellt", flüstert Ned, dessen warme Lippen im Sturm über
meine kalten Wangen und mein zerzaustes Haar fahren.
„Schön, nicht wahr? Jetzt kann uns keine Königin der Welt
mehr dazwischenkommen."

„Die ist bei der Jagd, und dort mag sie meinetwegen bis
zum Jüngsten Gericht herumknallen!"

„Trotzdem, wir haben nicht viel Zeit", mahnt Jane. Die
Kerzen sprühen in den goldenen Leuchtern. In ihrem Licht
naht sich der Priester mit dem „Common Book of Prayer".
Wir tauschen das Gelöbnis, uns treu zu sein, bis der Tod uns
scheidet. Der Priester verschwindet, nachdem ihm Jane zehn
Pfund zugesteckt hat.

Vor den mit langem, weichen Mull verhangenen Fenstern, hinter der schemenhaft die Themse zu erkennen ist, sind Tische gedeckt. Wir stoßen mit dem Sherry an und knabbern den Turrón, den Jane Dormer mir geschenkt hat. Die gute Jane sitzt jetzt wohl in Zafra oder Córdoba, auf jeden Fall zwischen Ölbäumen, die von Oliven bersten, und Orangen, dick wie Kindsköpfe. Auf ihrem Schoß wiegt sie den kleinen Lorenzo, der noch während ihrer Reise in Mecheln zur Welt gekommen ist.

Wie wird Jane staunen, wenn sie erfährt, dass auch ihrer Katherine Eheglück beschieden ist ... Über dem Sherryglas sehe ich die braunen Augen meines Gatten zwielichtig glänzen, ein Zeichen, das auch Jane richtig deutet. „Ich denke, ich mache mal einen Besuch bei einer Freundin, die um die Ecke wohnt. In ein paar Stunden bin ich zurück."

Kaum ist die diskrete Jane hinaus, sind wir nicht mehr zu halten. Wir stürmen ins Obergeschoss, in Neds Schlafzimmer, wo ein riesiges grünes Himmelbett auf uns wartet. Wir reißen uns die Kleider vom Leib: Ich sehe Neds männliche Schönheit, und meine Brüste wachsen ihm entgegen. Auch ich entledige mich meiner Kleider, und dann rollen wir in den Kissen und gehen in Wonnen unter, wie wir sie nie gekannt haben. Wir sind Mann und Frau, vor Gott, wenn auch nicht vor der Welt, und das wollen wir auskosten mit jeder Faser und bis zur letzten Sekunde der uns gegebenen Zeit.

15

Es war William Cecils Idee. Um Ned von mir fernzuhalten, schickte er ihn auf diplomatische Mission nach Frankreich. Mit von der Partie war Cecils neunzehnjähriger Sohn Thomas, ein Schwerenöter, der es faustdick hinter den Ohren hatte. Sein Vater ermahnte ihn, täglich seine Gebete zu sagen, zu beichten und die Bibel zu lesen.

Was taten die beiden jungen Männer? Sie gaben in einem Monat mehr Geld aus, als, wie Cecil nörgelte, Söhne aus besserem Haus es in einem Jahr getan hätten.

Das meiste ging für Vergnügungen drauf, über deren Natur ich mir lieber nicht zu viele Gedanken machte. Und, weil es nicht anders ging, nahmen sie nebenbei noch die ihnen aufgetragenen politischen Aufgaben wahr. Während sie das Tal der Loire durchkämmten, statteten sie Königin Katharina von Medici einen Pflichtbesuch ab. In Reims wohnten sie der Krönung des zehn Jahre alten Charles IX. bei – sein Bruder François II. war nach kaum einjähriger Herrschaft verstorben, und die verwitwete Königin von Schottland kehrte nach kurzer Trauerzeit in ihre nordische Heimat zurück.

Bei solch einem ausgefüllten Pensum blieb natürlich keine Zeit, brieflich Kontakt zu halten. Nur einmal schickte mir Ned ein Armband. Als ich hörte, dass er ähnliche, speziell für ihn gefertigte Armbänder auf Wunsch von Königin Elizabeth auch anderen Damen verehrt hatte, war ich nicht sehr erfreut.

Was sollte ich in meiner Notlage tun? Jane Seymour konnte mir nicht helfen. Die Grippe, an der sie im Sommer vor zwei Jahren gelitten hatte, hatte sich zur Schwindsucht ausgeweitet. Sie starb am 29. März 1560. Da sie durch ihre Mutter von Edward III. abstammte, wurde sie von über hundert Leuten des Hofs und dem Chor von Westminster Abbey zu ihrem Grab in der St. Edmund's Chapel getragen. Für alle, am meisten vielleicht für mich, war es ein herber Verlust.

Meine Bedrängnis wuchs, aber ich hatte keinen, an den ich mich wenden konnte. So kam ich auf die wahnwitzige Idee, Henry Herbert zu schreiben, da ich vernommen hatte, er sei nach wie vor an mir interessiert. Ich gab ihm zu verstehen, dass ich mich noch immer als seine Frau fühlte, worauf er mit Briefe und kleine Geschenke schickte.

Zugleich übersandte ich Ned durch seinen Leibdiener Glynne eine Botschaft, der ihn über meinen Zustand informierte. Am Hof begann man bereits über mich zu tuscheln, und die weitesten Röcke vermochten meinen Leibesumfang nicht mehr zu verbergen. Davon hörte Herbert, forderte seine Geschenke zurück und überhäufte mich mit Beschimpfungen. Er betonte, dass er, der bisher ein tugendhaftes Leben geführt hatte, nicht den Rest seiner Tage ehrenverlustig mit einer „Hure verbringen wollte, über die fast jeder spricht".

Der Hof war auf seiner alljährlichen Sommerreise. Es war unerträglich heiß, und in Ipswich ärgerte sich die Königin, so viele verheiratete Geistliche mit Kindern vorzufinden. Dementsprechend war ihre Laune.

Mir war an diesem Abend so elend, dass ich zu unserer alten Familienfreundin Bess of Hardwick ging und mich ihr anvertraute. Sie riss die Augen und Mund auf, und dann hagelte eine gehörige Gardinenpredigt auf mich herab. „Nein, damit will ich nichts zu tun haben. Du hast dir die Suppe eingebrockt, jetzt löffele sie selbst wieder aus!"

Da sie mir jede Hilfe verweigerte, wandte ich mich an Robert Dudley. Er war Janes Schwager gewesen, und er war wahrscheinlich der Einzige, der bei Elizabeth etwas erreichen konnte.

Ich fand den Lord in einem Sessel vor dem Kamin, einen Morgenrock über den breiten Schultern, die Füße auf dem Perserteppich ausgestreckt. Er rieb sich das Kinn und sah mich ernst an. „Ich verstehe nicht, wie Ihr Euch so weit vergessen konntet, Lady Katherine."

Ich stand da wie ein begossener Pudel. Schließlich murmelte ich kleinlaut: „Wir lieben uns."

„Liebe, Liebe! Immer kommen sie damit, als ob das alles entschuldigen würde!"

„Tut es das nicht?", wagte ich zu erwidern. Er stand auf und ging eine Weile mit großen, erregten Schritten durch den Raum. Dann blieb er vor dem Kamin stehen und sagte, ohne mich anzusehen: „Das Einzige, was ich für Euch tun kann, ist, es so schonend wie möglich der Königin beizubringen."

„Tausend Dank, my Lord."

„Aber eins, kann ich Euch jetzt schon sagen: Sie wird nicht sehr erfreut sein."

Das war sie in der Tat nicht. Ihr Wutanfall war wie ein Orkan, die Schmähnamen, die sie mir gab, nicht wiederholbar. Noch am Abend desselben Tages fand ich mich im Tower wieder.

16

Margaret Douglas und Katherine Howard schmachteten hier, weil sie Liebesglück wollten. Jane Grey und Elizabeth Tudor, die nicht liebten, haben in diesen tristen Mauern geseufzt. Habe ich da Grund zu jammern?

Zwar lastet die Kuppeldecke meines kreisrunden Gemachs im Bell Tower schwer, aber das Innere ist mit allem Komfort ausgestattet. Hinten geht der Blick zum Tower Hill, vorne zum Eingangstorhaus. Ich habe ein bequemes Bett und einen Tisch, auf dem mich Tom und Nelly bedienen. Ich habe meine Laute und meinen Clément Marot. Ich habe Sulky und meine Hunde, die mir Gesellschaft leisten. Was sollte ich mich da beklagen?

Und mein Geliebter ist ja da. Eilboten haben ihn zurückgerufen. Dass er der Königin noch in letzter Minute einen besonders begabten französischen Flötenspieler besorgt hatte, nutzte ihm wenig, denn auch er wurde hilfloser Gegenstand von Elizabeths beispiellosem Zorn. Seit Anfang September sitzt auch er im Tower.

Unsere Gemächer sind getrennt, aber Sir Edward Warner, unser gutmütiger Kerkermeister, lässt die Türen abends offen, und so können Ned und ich uns ungehindert sehen. Auf einem grünen Samtschemel hockend, der Henry VIII. als Fußschemel diente, fährt Ned mit seiner zärtlichen Hand über meinen kugelförmigen Bauch, erzählt mir von der Kapelle von Amboise, der Wendeltreppe von Chambord, den Weiden, die wie ein durchsichtiger Baldachin über der Loire hängen. Gemeinsam vertiefen wir uns in unseren Ronsard und lesen die Verse, die der hier gefangen gehaltene Thomas Wyatt niederschrieb, als Anne Boleyn zum Schafott schritt: *„The Bell Tower showed me such a sight that in my mind sticks day and night."*

Vom Fenster aus sehe ich Bess of Hardwick zitternd vor Empörung der Freiheit entgegenstürmen. Sicher hat man sie nicht halb so scharf verhört wie Ned und mich. Peinlich, was die uns alles gefragt haben: ob wir nackt im Bett lagen, wer zuerst hineingestiegen war, wer links lag und wer rechts. Als ob das so wichtig wäre ...

Während Elizabeth, die noch immer von Schloss zu Schloss zieht, in Islington von Tausenden begeisterter Untertanen bejubelt wird, schenke ich am 23. September unserem Sohn das Leben. Edward Seymour, Viscount Beauchamp, Nachkomme der Tudors und der Plantagenets und, so Gott und Elizabeth wollen, Anwärter auf die Krone Englands. Ned trägt den Namen in die Bibel ein, die er aus Frankreich mitgebracht ist und auf deren Titelseite das Familienmotto der Seymours steht: *Foy pour devoir – Treue der Pflicht.*

Unser Sohn wird zwei Tage später in der Kapelle St. Petrus ad vincula getauft, in der unsere unter dem Beil gestorbenen Familienmitglieder begraben sind: Neds Vater und Onkel, mein Vater und meine Schwester Jane. Einen Priester hat die Königin uns nicht erlaubt.

17

Es liegt nichts Schriftliches vor, unsere einzige Zeugin ist tot, und auf die Aussagen von Dienstboten geben die Untersuchungsrichter nichts. Den Priester, der uns traute, kennt keiner, wir vermuten nur, dass er zu den calvinistischen Geistlichen gehört, die nach dem Tod von Königin Mary nach England kamen. Ein Tatbestand, denn weder die Untersuchungskommission noch der Erzbischof von Canterbury anerkennt.

Das heißt, die Ehe, die unser ganzer Stolz ist, ist ungültig, wir haben fleischliche Unzucht getrieben und müssen dreimal fünftausend Pfund bezahlen: weil Ned zweimal die Thronerbin geschwängert und sich im Tower unerlaubt Zugang zu ihr erschlichen hat.

Mein zweiter Sohn Thomas wird am 10. Februar 1563 geboren. Wir sind seit anderthalb Jahren im Tower, unser Ältester ist achtzehn Monate alt und ich war seit einem halben Jahr nicht mehr mit Ned zusammen. Wegen seiner Fahrlässigkeit im Umgang mit uns ist Sir Edward Warner in seinem eigenen Gefängnis eingesperrt worden. Das Parlament drängt auf eine verbindliche Festlegung der Thronfolge, zumal Elizabeth sich nur mühsam von den Pocken erholt, die sie beinahe umgebracht haben. Elizabeths Favoritin für ihre Nachfolge ist klar ihre Cousine, die Königin der Schotten, die sie in Nottingham treffen wollte und, das sie Wasser zog, wieder auslud. Robert Dudley, den sie zuerst zum Lord Protector machen wollte und, weil dies nicht vom Parlament bewilligt wurde, zum Earl of Leicester ernannte, hat sie der schottischen Mary als Gatten vorgeschlagen. Natürlich lehnte diese ab, sich mit dem ehemaligen „Stallmeister" ihrer Base zu vermählen, und nahm lieber ihren Vetter Lord Henry Darnley zum Mann, in den sie sich unsterblich verliebt hat.

Wieder einmal rast Elizabeth, dass man sie nicht befragt hat. Da Darnley und seine Mutter Margaret Douglas, die mit dem Earl of Lennox verheiratet ist, in England geboren sind, sieht sie diese als ihre Untertanen an, und wirft Margaret in den Tower. Dort hatte sie schon einmal unter ihrem Onkel Henry VIII. gesessen, als sie sich ohne Genehmigung Henry

Howard zum Gatten auserkoren hatte. Sie wurde freigelassen, ihr Geliebter kam im Gefängnis um.

Zum Zeitpunkt, wo die Affäre um Mary Stuart und Henry Darnley die Gemüter erregt, haben wir unseren ungastlichen Aufenthaltsort verlassen. Mein Mann und unser ältester Sohn sollen zur Herzogin von Somerset nach Hanworth, Thomas und ich müssen zu meinem Onkel John Grey nach Pirgo in Essex, wo wir beide unter strengem Hausarrest stehen. Noch einmal durfte ich unter Tränen Ned und Edward in meine Arme schließen, dann wurden wir auseinander gerissen. Wenn ich damals gewusst hätte, dass ich die beiden nie wiedersehen würde, ich hätte mir das Leben genommen.

18

Kaum war ich mit meinem kleinen Gefolge in Pirgo angekommen, schrieb ich ein Bittgesuch an Königin Elizabeth. Onkel Grey half mir bei der Aufsetzung des Briefes, der an Robert Dudley geschickt wurde, der es dann an die Königin weiterleiten würde. So demütig wie möglich bat ich um Vergebung, dass ich in eigenmächtigem Ungehorsam geheiratet hatte, ohne die Einwilligung Ihrer Hoheit eingeholt zu haben. Dafür konnte ich nur um eine Gnade flehen, die ich gar nicht verdiente. Auf Knien, so schloss ich, betete ich, dass Ihre Majestät lange über uns herrschen möge.

Elizabeth war nicht beeindruckt. Mein Onkel suchte es mir zu erklären: „Das ist ein rotes Tuch für die Königin. Sie, die sich Ehe und Kinder nicht zugesteht, will sie auch keinem anderen gönnen. Sie hat panische Angst davor, dass es zu einem Komplott oder Aufstand kommen könnte, um sie aus dem Weg zu räumen und deinen Sohn an ihre Stelle zu setzen. Sie weiß, dass alle Evangelischen des Reiches auf deiner Seite sind, deswegen fürchtet sie dich."

Die Katholiken natürlich, die waren für die Schottenkönigin. Als diese am 19. Juni 1566 einem Sohn das Leben schenkte, von dem sie hoffte, dass er als Erster die beiden Königreiche Schottland und England vereinigen würde, erlitt Elizabeth einen Nervenzusammenbruch und konnte nur schluchzen: „Die Königin von Schottland hat einen Sohn geboren, ich aber bin nichts als ein abgestorbener Strunk."

Ich hatte zwei Kinder, die ich zärtlich liebte, aber das ältere war zwei Jahre alt geworden, ohne dass ich seinen Geburtstag mit ihm feiern konnte. Seine Großmutter, die zuerst gegen unsere Verbindung gewesen war, erklärte der Königin unverblümt, das das Ganze lange genug gedauert habe und es nicht recht sei, ein junges Paar und seine Kinder zu trennen. Auch John Grey meinte, es sei endlich an der Zeit, Barmherzigkeit und Vergebung zu zeigen. Worauf er in den Tower verfrachtet wurde und Thomas und ich von Pirgo nach Ingatestone gebracht wurden, in die Obhut und strenge Bewachung von William Petre. Als dieser nach eine Weile erkrankte, mussten wir abermals den Wohnsitz wechseln. Diesmal ging es ein paar Meilen weiter, nach Gosfield, das Sir John Wentworth gehörte.

19

John Wentworth war ein alter Mann, den die Verantwortung für meine Person so belastete, dass er nach kurzer Zeit in die Ewigkeit einging. Wir kamen wieder in ein anderes Gefängnis, diesmal unser fünftes.

Cockfield Hall ist so mit verschnörkelten Ziegeltürmchen bestückt, das es wie ein roter Spielzeugkasten aussieht. In den langen gewundenen Gängen kann man sich schon verlaufen, aber hier verirre ich mich selten.

Ich habe die Erlaubnis in den Garten zu gehen, aber nicht weiter. Besuch darf ich nicht empfangen. Hat mein Hausherr, Sir Owen Hopton, Gäste, muss ich auf meinem Zimmer bleiben.

Thomas ist jetzt alt genug für einen Hauslehrer, aber wo soll ich den hernehmen? Um Stoff zu sparen, ziehe ich ihm noch immer Babyhauben und Petticoats an und wiege mich in der Illusion, er würde auf ewig mein süßer kleiner Junge bleiben.

Manchmal schreibt mir Jane Dormer aus Spanien und meine Schwester Mary aus dem Minoritenhaus. Wenigstens sie ist wieder frei, während ich immer noch festgehalten werde. Hat sie sich schlauer angelegt als ich? Vielleicht haben ihre Einfalt und ihre Hilflosigkeit Elizabeth gerührt. Ich

war ein aufsässiges, vorlautes Ding und habe mir alles verscherzt. Wäre ich eine Speichelleckerin gewesen wie viele
andere ...

Aber das sind müßige Überlegungen, und lieber denke
ich an meinen teuren Ned und unseren Sohn. Es kommen so
liebevolle Zeilen von ihnen: Edward Junior drückt sich bereits vollendet im Lateinischen aus, sein Vater schickt mir
Halsketten und manchmal eine Gartennelke, die ich in einen
Topf vor mein Fenster stelle. Scheint die Sonne darauf, ist
mir, als sei ich wieder in Sheen oder Bradgate.

Wenn Thomas alt genug ist, um Hosen anzuziehen, und
sein Bruder bereit ist, sein erstes Reitpferd zu besteigen,
werde ich unter der Erde liegen. Sulky ist mir vorausgegan-
gen. Wir haben ihn im Park unter der großen Tanne begraben. Dort kann er, der ewig Zappelige, endlich zur Ruhe
kommen.

Elizabeth wird sich nie erweichen lassen. Die jungfräuliche Königin herrscht über ein Reich, in dem immer Frost
ist. Ihre Paläste sind so kalt wie die Juwelen, mit denen sie

sich vollhängt. Wenn sie selbst eine Königin, die ihre Cousine ist, ihrer Freiheit beraubt, wie soll sie dann Mitleid empfinden mit einer anderen Base, der nichts bleibt als ein paar abgewetzte Stühle und eine Gartennelke im Topf?

20

Dr. Symonds ist bereits zum dritten Mal hier. Er fühlt meinen Puls, legt die Hand auf meine Stirne, klopft mir Brust und Rücken ab. Er schüttelt den Kopf. „Ihr müsst essen, my Lady, damit Ihr wieder zu Kräften kommt. Euer Herz gefällt mir gar nicht. Steht Ihr auf, geht Ihr an die frische Luft?"

„Wie denn?", krächze ich, die Augen auf dem Fenster, hinter dem dichter Schneeregen niedergeht. „Ach, ich bin so matt, Master Physikus, so furchtbar matt. Wann wird diese Qual zu Ende sein?"

„Ihr müsst durchhalten, my Lady. Denkt an Eure Söhne."

„Ach, wenn die nicht wären, ich wäre längst nicht mehr von dieser Erde."

Der gute Mann verschreibt mir Herztropfen, Holundertee, Salben zum Einreiben von Brust und Gliedern. Ich lasse Sir Owen kommen. Er soll der Königin ausrichten, sie möge gut zu meinem Mann und meinen Kindern sein und ihnen meine Schuld nicht anlasten. Danach übergebe ich ihm meinen Hochzeitsring, den er Ned bringen soll. Während ich das tue, blicke ich auf meine Finger. Sie sind klein und mager wie die Krallen eines aus dem Nest gefallenen Vogel. Die Nägel haben sich bläulich verfärbt. Ich hauche: „Ja, er kommt. Willkommen, willkommen" und sinke in die Kissen zurück.

Meine Gedanken reisen nach Bradgate, nach Hanworth, wo ich zum ersten Mal in meinem Leben die Wonnen der Liebe erfuhr, nach Hertford House, wo diese Wonnen zur feurigen Ekstase wurden. Ich denke an meine Eltern, an Jane und Mary. „Verachte das Fleisch", schrieb mir Jane kurz vor ihrem Tod. Für sie hat das in vollem Maß gegolten, ich für meinen Teil habe nie bereut und bereue auch heute nicht, dass ich Ned liebe. Ohne ihn und meine Söhne wäre mein Leben nicht das gewesen, was es war.

Den Tee, den mir Lady Hopton bringt, kann ich nicht trinken, am Gaumen steigt es mir gallenbitter hoch. Essen – nein, keinen Bissen will ich hinunterschlucken, denn wenn der Hungertod auch mühsam ist, in meinem geschwächten Zustand wird es wohl schneller gehen.

Jedenfalls, meine Sicht trübt sich bereits. Ist es der Schnee, oder zieht es sich vor dem Fenster wie Nebel zusammen?

„Ist es schon Abend?", hauche ich und will mich aufrichten.

„Nein, es ist heller Morgen", sagt Sir Owen und gibt Nelly ein Zeichen. „Gemach, versucht zu schlafen, my Lady."

„Schlafen, ja."

Sir Owen flüstert Nelly etwas ins Ohr, und sie trippelt zur Tür.

Ich gleite zurück, lasse mich gehen. Alles ist leicht, ein Schweben auf Federbetten. Ich schließe die Augen, und durch die Schneewand hallen die Glocken von Cockfield.

Drittes Buch

Die rotweiße Rose

Mary Grey (1545 – 1578)

1

Hat ein Krüppel kein Bedürfnis nach Liebe? Eine Zwergin kein Anrecht auf Glück? Mich hat man immer weggeschubst. Am liebsten hätte man mich unter den Teppich gekehrt, aber dafür war ich nun doch nicht klein genug.

Nun, ich bin sicher keine Schönheit, mit meinem großen Kopf, der Hühnerbrust, dem knochigen Rücken, den ein unübersehbarer Buckel ziert, den krummen Beinchen, die, wenn ich sie in Bewegung setze, meinen Gang dem einer Ente ähnlich machen. Meine Augen reiße ich gewöhnlich weit auf, weil sie so klein sind, aber das scheint die Leute nur noch mehr abzuschrecken.

Wenn es nach ihnen gegangen wäre, hätten sie mich zu den Hunden in den Zwinger gesteckt. Das ging aber nicht an. Bei feierlichen Anlassen hockte ich auf meinem Zimmer, während die anderen sich amüsierten. Jane und Katherine prangten in ihren feinen Kleidern, ich lief als graues Mäuschen herum. Am liebsten wieselte ich in der Küche herum, zwischen den Beinen der dort Arbeitenden, wie eine Katze.

Gierig schnupperte ich den Duft, der von den Kräuterwischen und Suppentöpfen kam, und bewunderte die mit saftigem Fleisch bespickten Spieße, die sich im Kamin drehten. War die Köchin gut gelaunt und scheuchte mich nicht davon wie eine lästige Fliege, ließ sie mich die Sahneschüsseln auslecken – das tat ich dann mit großem Genuss.

Eine meiner frühesten Erinnerungen ist ein Gesicht mit riesigen Poren und einem sabberndem Mund, das sich über mich beugt, und Finger wie dicke Würste, die mich unter dem Kinn kraulen. Das war „Old King Hal", der geile Bock von Henry VIII.

Edward VI. habe ich als ausgezehrten Knaben mit zu langen Armen und Beinen in Erinnerung, ein spinnenartiges Geschöpf, mit dem ich einmal im Boot über die Themse fahren durfte. Den Drachen Elizabeth sah ich, dünnes Gezirpe von sich gebend, mit einer Laute im Schoß, während der Damenflor ringsum sich in Schnattern und Kichern erging. Als ich herbeigewatschelt kam, verstummten die Damen, und der Drache warf mir einen Blick zu, der, so vermeinte man, Funken sprühte. Worauf ich mich schnellstens wieder verzog.

„Gebt dem Kind einen Stuhl!", befahl das Lamm Mary, und so konnte ich, wie auf einem Thron sitzend, alle Köstlichkeiten auf dem Tisch bewundern. Von den Kremtörtchen habe ich solche Unmengen in mich hineingeschlungen, dass mir speiübel wurde.

2

Generell stopfte ich alles in mich hinein, was mir in die Finger kam, von der Weizenähre bis zum Marienkäfer. Erst allmählich lernte ich zu unterscheiden, was gut für Leib und Seele ist, und was weniger. Mein Quittengelee hat selbst die Herzogin mit Behagen geschleckt, und das will etwas heißen.

Mein Vater ließ mich manchmal auf seinen Knien reiten, die Herzogin hat mich nie berührt, es sei denn mit einer Ohrfeige oder einem Klaps auf den Hintern. Zum Lernen wurde ich nicht gezwungen, weil eine Missgeburt nun einmal dafür nicht geschaffen ist: In einem verwachsenen Körper kann ja nur ein verkümmerter Geist wohnen, nicht wahr?

In Französisch und Italienisch schlug ich mich einigermaßen herum, Griechisch, Hebräisch oder gar Arabisch blieben mir erspart (aber wer will auch solch grauenhafte Sprachen lernen?) Dass ich nicht auf den Kopf gefallen bin, hat keinen interessiert. Ich kann die Sieben Sakramente und die Sieben Könige Roms nicht aufsagen, dafür habe ich andere Talente. Niemand ist im Aufziehen von Perlen so geschickt wie ich, und ich fädele auch allgemein gerne etwas ein.

Wenn ich hinter den Gardinen versteckt verfolgte, wie die Herzogin Jane mit der Reitgerte von den Vorteilen einer Heirat mit dem Dudley-Bengel überzeugte, wenn ich oben auf der Treppe hockte und beobachtete, wie Katherine verheult angeschlichen kam, nachdem die Herberts sie hinausgeschmissen hatten, ja, dann bekam ich doch verschiedenes mit. Und was im Leben wichtig ist und was Humbug, auch darüber war ich mir bereits in jungen Jahren im Klaren.

Ich will mich nicht unnötig brüsten, aber der verdorbene Salat bei der Hochzeitsfeier, das war Mary Grey: Sie hatte etwas klein gehackten Fingerhut in den Salat gestreut. Und

Vater habe ich im Tower Tollkirschensaft in den Wein geschüttet, damit er gar nicht erst in Versuchung kam, den Helden zu spielen und sich damit noch mehr zum Esel zu machen. In Beaumanor wollte ich es auch bei der Herzogin versuchen, aber dann tat sie mir doch leid: so mitgenommen von den vielen Fehlgeburten, dass sie von selbst den Geist aufgab.

Woher ich meine pharmazeutischen Kenntnisse habe? Nun, Bradgate hat einen so riesigen Park, da muss man einfach ein ausgebuffter Botaniker werden. Nachhilfeunterricht gab mir auch die alte Molly Wynch, die in ihrer windschiefen Hütte am Rand des Parks hauste. Niemand verstand es wie sie, Wundersalben aus Spitzwegerich, Krötenfett und Salamandergalle zu bereiten, und ihre gebackenen Schwanennierchen waren auch nicht von schlechten Eltern. Wenn die Dorfjugend sie als Hexe jagte und verhöhnte, stellte ich mich schützend vor sie.

Wie ein Sturmwind stoben die Gören auseinander – wahrscheinlich weil ich noch Furcht erregender aussah als die alte Vettel.

3

Damit man nicht glaube, die Missgeburt sei bloß auf Unsinn aus gewesen: Im Gegensatz zu Jane, die ihre spitze Nase nur in philosophische oder theologische Langweiler steckte, las ich gerne Geschichten von edlen Rittern wie Launcelot oder Amadis de Gaule, die ihre Damen aus den Klauen von Ungetümen oder sonst einer Bedrängnis befreiten. Auch im Zeichnen war ich nicht unbegabt. Im Tower, wo so viele Wichtigtuer herumliefen und ich denen nur im Weg war, verkroch ich mich gerne zu den Tieren im Käfig. Ich warf den Hyänen Nüsse zu und dem Löwen Steine, bis er mir angewidert den Rücken zukehrte. Ein Biest, das sich Antilope nennt, habe ich als Konterfei täuschend lebensnah abgebildet. Katherines Kommentar „Ach, was für ein liebes Hündchen" war natürlich genauso dämlich wie sie selbst.

Katherine, die hatte nur ihre Affen, Hunde und Männer im Kopf, aber weit hat das sie nicht gebracht. Was nicht heißt, das ich mir ihrem Ned, diesem tollen Hecht, nicht gerne unter die Decke gekrochen wäre. Aber wer schenkt schon einer krummbeinigen, gebuckelten Zwergin Beachtung? Für die wäre höchstens ein Stallbursche oder ein Hofnarr in Frage gekommen.

Da aber nicht alle sich einen Stallburschen ins Bett holen können wie die Herzogin oder der Drache Elizabeth, war Will Somers mein großes Vorbild. Wie der dem geilen Bock die Wahrheit sagte, wie der die furztrockene Mary (das Lamm) zum Lachen brachte, bis ihr ein Wind aus dem klapprigen Gesäß fuhr, das war große Kunst. Am liebsten wäre ich als Will Somers durch die Lande gezogen und hätte die Leute, ohne dass sie es merkten, zum Narren gehalten.

Aber ich stamme nun einmal von Henry VII. ab, und so nahm das Unheil seinen Lauf.

4

Nach der Katastrophe mit Jane und Vater saß ich in Beaumanor und langweilte mich zu Tode. Mit Bradgate war der zugige alten Kasten nicht zu vergleichen, und der Park war mehr als kümmerlich. Es gab nur vierzig Zimmer und eine Halle ohne Empore, und vom Treppengeländer konnte man nicht auf Beobachtungsposten sitzen, höchstens in die Halle hinunterspucken.

Aus purem Überdruss fing ich etwas mit dem Dorfidioten an. Er war schmutzig und roch nach Stall, Schweiß und Zwiebeln. Außerdem ergoss er sich zu früh, so dass es nicht besonders angenehm war. Aber wenigstens wusste ich jetzt, wie die Sache funktionierte.

Ich wollte Molly Wynch begrüßen, aber weit und breit war nichts von ihr zu sehen. Jämmerlich sackte ihre Hütte mit eingeknicktem Dach und aus den Angeln hängender Tür am Rand der Heide. Mit den Schwanennierchen war es auch vorbei. Ich stand im Regen und versank bis zu den Hüften im klatschnassen, kniehohen Gras. Die Köchin machte mir einen Tee, dennoch holte ich mir einen gehörigen Schnupfen und lag mit Fieber im Bett. Die Herzogin zeterte: „Du garstiges Ding! Das ist Gottes Strafe, weil du so ungezogen bist."

Gott? An den glaube ich nicht, der konnte mir gestohlen bleiben.

Das Bekümmernis der Herzogin dauerte nicht lange, da sie sich von dem jungen Gecken Stokes trösten ließ. In einer Wiege plärrte ein Balg, das aber nach einem Jahr den Weg alles Irdischen ging. Auf ihre alten Tage fromm geworden, hielt die Herzogin mich an, den salbungsvollen Bericht eines gewissen John Day über Janes letzte Tage im Tower zu studieren. Ich aber konnte keine Totenklagen mehr hören, ich wollte leben, nichts als leben.

Katherine war wenigstens bei Hof, auch wenn sie der Betschwester Mary den Nachttopf reichen und von morgens bis abends den Rosenkranz beten musste. Dann starb die Herzogin und vererbte alles ihrem Stallburschen. Von den zwanzig Pfund, die mir blieben, konnte nicht einmal ein Bettler leben. In London aber hatte der Drache endlich die Krone ergattert, und so sagte ich nicht nein, als ich kurze Zeit später an den Hof gerufen wurde.

5

Man hätte sich ein lustigeres Leben vorstellen können. Katherine alberte bloß mit ihren Busenfreundinnen Jane Seymour und Jane Dormer herum, die anderen feinen Damen machten sich über mich lustig oder ignorierten mich. Wie ein feuerroter Irrwisch raste der Drache durch Säle und Gärten, seinen Hofdamentross hinter sich herziehend. Mit meinen kurzen Beinen hatte ich Mühe, Schritt zu halten, blieb ich aber einmal zurück, wurde ich von keinem vermisst.

Am Hof sah man Würdenträger, Bittsteller, Schranzen und andere Kreaturen, die dem Drachen schamlos die Lefzen leckten. Machte ein ausländischer Gesandter seine Aufwartung, wählte die Königin unter ihren dreitausend Roben die protzigsten und tändelte darin vor dem Diplomaten herum. Besonders schlimm stellte sich bei dem schottischen Botschafter James Melville an: Abwechselnd in Französisch und Italienisch gurrend, streckte sie ihr rostrotes Haar und ihren tief ausgeschnittenen Busen hervor und hatte keine

Ruhe, bis der gute Mann ihr versicherte, ihr Haar sei schöner und ihr Teint weißer als die der Königin von Schottland. Für eine Frau, die ihre Zähne, Haare und Tage verlor, schon ein starkes Stück.

Als bekannt wurde, dass Mary Stuart Henry Darnley zu ehelichen gedenke, drehte der Drache völlig durch und hätte den Bräutigam beinahe in den Tower gesteckt, so wie sie es bereits bei seinen Eltern getan hatte.

Wieder einmal war es an dem „süßen Robin", die Karre aus dem Dreck zu ziehen. Lady Lennox kam frei, der junge Fant durfte in die Highlands reiten, wo seine königliche Herrin sehnsuchtsvoll seiner harrte. „The lustiest and best proportioned long man" hatte sie ihn genannt.

Die Kunst, dem nimmersatten Lindwurm Honig ums Maul zu schmieren, beherrschte Lord Leicester wie kein Zweiter – und kam damit immer ans Ziel. Er ritt voraus, wenn sie mit ihm in die Wälder zog, um unschuldige Tiere abzuschlachten. Er überhäufte sie mit kostbaren Geschenken. Mal war es ein Fächer aus weißen Federn, der ihr Wappentier, den Löwen, mit seinem Bären vereinte, mal eine mit

Diamanten und Rubinen verzierte goldene Armbanduhr, mal ein mit Edelsteinen überschüttetes Satinwams, das wir an achtzehn Goldverschlüssen über ihren dürren Busen pressen mussten.

Gondelte der Drache wie ein Zigeuner auf der sommerlichen Tour durch die Lande, überboten sich die Gastgeber darin, die jungfräuliche Königin mit dem größt- möglichsten Prunk und Pomp zu blenden, im Wissen, dass es ihr an gleisnerischer Augenwischerei nie zu viel wurde. Wieder einmal war es Dudley, der den Vogel abschoss. Er bereitete seiner Gebieterin ein Spektakel, wie es die Welt noch nicht gesehen hatte. Als züchtige Diana ritt Elizabeth in sein Schloss Kenilworth ein. Auf dem künstlichen See trieb eine festlich beleuchtete Insel, aus deren Burgtürmen ihr Nymphen, Tritonen und andere mythologische Gestalten Füllhörner voll Kirschen, Weintrauben, Austern und lebendiger Vögel entgegenhielten. Moriskentänze wechselten mit Maskeraden und symbolträchtigen Theaterstücken ab.

Derart gebauchpinselt, sah der Drache gerne darüber hinweg, dass Robin fleißig mit den Hüterinnen des königlichen Schlafgemachs, den Ladies Sheffield und Knollys, zu poussieren begonnen hatte.

6

Alle Yeomen der Garde waren stattliche Kerle. Einer überragte sie aber um mindestens zwei Kopflängen: Sergeant Porter Thomas Keyes. Seine imposante Gestalt in Rot und Schwarz gehüllt, auf seinen Amtsstab gestützt, stand er wie ein Baum vor dem Wachthäuschen. Ein Riese von einem Mann, an dem niemand unbeeindruckt vorbeigehen konnte.

Mit mir ging er mit größter Hochachtung um. Das Tor öffnete er mir nie ohne einen tiefen Bückling und die respektvolle Begrüßung: „Zu Euren Diensten, Eure Hoheit."

„Danke, Master Keyes" sagte ich ebenso respektvoll. „Aber eine Hoheit bin ich nicht."

„Nein? Nun, dann eben: Zu Euren Diensten, Mistress."

Mit „Mistress" redete er mich fortan an. Da ich nicht gewohnt war, mit so viel Ehrerbietung behandelt zu werden, hielt ich mich jetzt viel öfter im Freien auf. Auch schminkte und frisierte ich mich mit größerer Sorgfalt und legte meine besten Roben an, so ein Brokatkleid, das meine Schwester Katherine im Alter von zehn Jahren getragen hatte und das durch irgendwelche Umstände auf mich gekommen war.

Einmal, ich denke, es war im Sommer 1565, lustwandelte ich – scheinbar lässig – wieder einmal zwischen den Taxushecken, in der rechten Hand den Sonnenschirm, in der linken den Fächer. Mir war heiß in dem schweren Kleid, dessen nach der Mode der fünfziger Jahre überlange Ärmel mir immer über die Handgelenke rutschten.

Überdies bin ich ein Schussel, und so fiel mir der Fächer zu Boden. „Erlaubt mir, Mistress!" Schon war Keyes auf seinen stelzenartigen Beinen vorgeschossen und hob den Fächer auf.

„Oh, vielen Dank", stammelte ich, schwitzend und verlegen.

„Es ist mir eine Ehre, Euer ... will sagen, Mistress. Nein, was für ein schönes Kleid Ihr heute wieder tragt."

„Eigentlich ist es von meiner Schwester." Das war mir schnell herausgerutscht, und ich wurde noch verlegener und biss mir in die Unterlippe. „Aber meine Schwester ist leider in Ungnade gefallen."

„Das ist sehr bedauerlich. Nun, wenn man eine hohe Persönlichkeit ist, kommt es schon mal vor, dass man in Ungnade fällt."

„Ach." Ich nestelte an meinem Fächer herum. „Mir kann das nicht passieren. Ich bin kein Mensch von Bedeutung."

„Aber ohne Zweifel die netteste Person am Hof", sagte er, und seine großen schwarzen Augen sahen mich an, als wollten sie auf den Grund meiner Seele dringen. „Wenn es nach mir geht, fallt Ihr nie in Ungnade."

Ich kicherte. „Sagt Ihr das allen Damen, Master Keyes?"

„Wo denkt Ihr hin? Ich stehe seit Seiner Majestät König Henry in den Diensten des Hofes, ich war Soldat und bin nicht bekannt dafür, dass ich leichtfertig daherrede. Und ich bin Witwer und habe fünf Kinder."

„Wirklich? Wo sind die denn, hier im Palast?"

„Bei mir zu Hause, in Sandgate." Und, da das mir nichts sagte, fügte er hinzu: „Kent."

„Ach, wirklich?" Ich ließ meinen Schirm herumwirbeln. „Nun, warum soll aus Kent nicht mal etwas Gutes kommen …"

Das war unser erstes Gespräch, und es sollte nicht das letzte sein. Jedes Mal, wenn ich draußen war, fand ich einen Vorwand, ein paar Worte mit ihm zu wechseln. Sicher, er war zweimal älter und dreimal größer als ich. Aber so nett war noch niemand zu mir gewesen. In meinem Herzen begann sich eine vage Hoffnung zu regen.

Einen halben Monat nach unserer ersten Konversation trippelte ich an der Mauer entlang, die Whitehall von der Außenwelt trennt, und suchte hinauszuspähen. Ein eitles Unterfangen, selbst wenn ich mich auf die Zehenspitzen stellte.

„Erlaubt, Mistress." Ich fühlte mich plötzlich emporgehoben, bis in die Höhe des Gitterkranzes, der die Mauer abschließt. Ich keuchte: „Master Keyes … Wie stark Ihr seid!"

„Ach, Ihr wiegt doch nicht mehr als eine Feder. Habt keine Angst, ich halte Euch fest."

„Bei Euch hab ich keine Angst." Er hielt mich hoch, und ich sah die Pferdewagen, die über das Straßenpflaster klapperten, die wild gestikulierenden Straßenverkäufer, die spielenden Kinder, die herumschnüffelnden Hunde. Alles Dinge, von denen ich bisher ausgeschlossen gewesen war.

„Da ist wenigstens was los", sagte ich. „Und hier ist es so langweilig."

Ich verharrte noch eine Weile hinausblickend auf seinen Armen und fragte mich, ob er unter meine Röcke sehen konnte. „So, würdet Ihr mich bitte wieder herunterlassen, Master Sergeant Porter?"

Als ich erneut den Erdboden berührte, sah er mich eingehend und mit betonter Bewunderung an. „Verzeiht meine Kühnheit, aber Ihr seid schon ein artiges Püppchen, Mistress."

Da nahm er sich wirklich viel heraus, aber es war eine Schranke gefallen, die ganz neue Wege öffnete. Die beschritt ich hemmungslos, als ich mir auf seine Einladung hin seine

Dienstwohnung im Torhaus über dem Themseeingang ansah.

Mit zusammengewürfelten Möbeln, die noch aus der Zeit Richards III. zu stammen schienen, war seine Soldatenwohnung recht gemütlich eingerichtet. Natürlich fehlte eine weibliche Hand. Ich überflog die Hellebarden, die an den Wänden hingen, mit zerstreuten Blicken und stand plötzlich vor dem Bett. „Ist das weich?"

„Weich und sehr bequem. Heute Morgen frisch bezogen." Er sah mich vieldeutig an, und schon waren wir niedergesunken. Da ich einige Erfahrung hatte, brachte ich ihn schnell zum Höhepunkt, aber auch für mich lief es zu meiner völligen Befriedigung ab.

Unvorsichtig durften wir jedoch nicht sein. Ich tastete nach meinem Kleid, das in einem Packen Rüschen und Ärmel auf dem Boden lag. Er streckte seinen Arm nach mir aus. „Bleib doch noch, Püppchen."

„Ich möchte ja, aber die Königin hat scharfe Augen, und wenn eine ihrer Damen fehlt ... Wir sehen uns ja bald wieder, Sergeant Tommy."

Ein Kuss in Richtung seines gewaltigen Brustkorbs, und ich war aus dem Bett. Flügel schienen mich die Treppe hinunter über den Hof in den Palast zu tragen. Und wenn auch alles dagegen sprach: Diesen Mann hatte mir der Himmel geschickt.

7

Auf keinen Fall wollten wir Katherines Fehler wiederholen. Deshalb hatten wir vorgesorgt, dass so viele Zeugen wie möglich anwesend sein sollten. Das waren meine Cousine Margaret Willoughby, die jetzt mit Sir Matthew Arundell verheiratet war, zwei weitere Basen aus der Stafford-Familie, ein Sohn und ein Bruder von Thomas Keyes, einer seiner Freunde aus Cambridge sowie weitere Bekannte. Falls es nötig werden sollte, könnten die für uns aussagen. Trauzeugin war Frances Goldwell, eine nette, einfache Dienstmagd vom Lande, die auf Grund ihres niedrigen Ranges weniger Risiken einging als höher gestellte Persönlichkeiten.

Namen und Identität des Geistlichen waren schriftlich festgehalten, so dass kaum Gefahr bestand, nach einem unauffindbaren Priester suchen zu müssen, der unsere Eheschließung bezeugen könnte.

Der Drache war zur Hochzeit von Henry Knollys, einem Enkel von Elizabeths Tante Mary Boleyn, und der stinkreichen Erbin Margaret Cave. Die Hochzeitsgesellschaft war bereits zusammen, als unversehens der spanische Botschafter Diego Guzman de Silva auftauchte. Er regte sich auf, dass der französische Botschafter ebenfalls auf der Hochzeit sein werde und ihm möglicherweise den Vorrang streitig machen könnte.

Erst nach einer Weile gelang es dem Kammerherrn Howard of Effingham, den aufgeblasenen Herrn zu beruhigen und ihn hinauszukomplimentieren. Er rauschte davon, und die Feder auf seinem Hut reckte sich wie ein Hahnenkamm.

In der Zwischenzeit geleitete Thomas uns durch die Galerien und über den Hof zu seiner Dienstwohnung über dem Wassertor. Die Kerzen wurden entzündet, und der Priester, ein kleiner, weißhaariger Mann, segnete unseren Bund. Neben dem Ehering schenkte mir Thomas Keyes ein Erbstück seiner Großmutter, einen wunderschönen Rubin, der Zauberkräfte besitzen sollte. Wenn ich ihn gut behütete, flüsterte mir Thomas ins Ohr, würde er mich vor allem Unheil bewahren.

Es wurde ein kleiner Imbiss eingenommen, dann verabschiedeten sich die Gäste. Mein Mann und ich waren allein. Während die Sonne ihr Gold in der Themse versenkte, gingen wir zu wesentlicheren Dingen über.

8

Mit eiserner Entschlossenheit gewappnet, warteten wir den Sturm ab. Der blieb natürlich nicht aus.

William Cecil hatte dem Drachen verraten, dass „der großwüchsigste Mann am Hof die kleinste Person am Hof" heimlich geheiratet hatte. Der Skandal war perfekt, und der Drache tobte und raste wie selten zuvor.

Ich kam in den Tower, tröstete mich aber mit dem Gedanken, dass die anständigsten Menschen Englands hier eingesessen hatten. Schlimmer traf es meinen armen Thomas. Er wurde nach Fleet eingeliefert, Londons berüchtigtstes Gefängnis. Die Zellen sind eng und bedrückend und vom Gestank des Fleet-Baches erfüllt, in den man allen möglichen Unrat schüttet.

Der Oberwärter, ein sadistischer Mann, sperrte Thomas in eine winzige Zelle, in der kaum Platz für seine langen Gliedmaßen war. Zu essen gab er ihm einen Fraß, dem man keinem Hund vorwerfen würde. Thomas versuchte sich zu behelfen, indem er Spatzen, die an seinem Kerkerfenster vorbeiflogen, mit einer Schleuder abschoss und ihr Fleisch briet, aber das wurde ihm bald untersagt.

Ich kam nach zwei Jahren zu den Hawtreys nach Chequers, einem ansehnlichen Landsitz in Buckinghamshire. Der weitläufige Garten mit so suggestiven Namen wie „Silberfontänen" oder „Samtrasen" nutzte mir wenig, da ich Hausarrest und keinerlei Kontakt zur Außenwelt hatte. So musste ich mich, über die penibel beschnittenen französischen Rabatten hinweg, mit einem Blick von meinem Fenster auf die Ulme begnügen, auf der stundenlang eine verdrossene Taube in den Nebel stierte.

Da ich nicht an den Drachen selbst zu schreiben wagte, richtete ich devote Gesuche an William Cecil. Ich sei das unglücklichste Geschöpf auf Erden, und ob er Ihre Majestät nicht bewegen könne, mir mein großes, abscheuliches Verbrechen zu vergeben?

Natürlich war das jungfräuliche Herz nicht zu erweichen. Elizabeth hatte ausreichend mit den Komplotten und Aufständen zu tun, die das Land erschütterten. Einmal war es ein italienischer Bankier namens Ridolfi, der sie vom Thron stürzen wollte, ein andermal der Herzog von Norfolk, ein Howard und ihr Cousin (nicht unserer, denn wir Greys haben nichts mit den Huren Howard und Boleyn zu tun).

Dann zog wieder einmal die Hydra des Fanatismus gegen den Drachen ins Feld. Erneut erklangen lateinische Gesänge in der Kathedrale von Durham, nachdem die Rebellen den protestantischen Abendmahltisch mit den Füßen weggestoßen hatten, um ihn nicht mit den Händen berühren zu müssen.

Mir war das unbegreiflich. Wie kann man im Namen einer Religion, die ihre Anhänger anhält, ihren Nächsten zu lieben wie sich selbst, andere, die denselben Gott anbeten, nur in anderer Form, beschimpfen, verfolgen und abschlachten? Wie den Nächsten foltern und verbrennen, wenn er nicht zu denen gehört, die Heiligenbilder an die Kirchenwände hängen oder einem den Gehorsam verweigern, der sich mit einer dreifachen Krone auf dem Haupt unter Federwedeln herumtragen läßt? Sicher war ich naiv, aber das wollte mir einfach nicht in den Kopf.

Unterdessen zogen unverdrossen fromme Katholiken unter dem Banner der fünf Wunden Christi durch den Norden, zerstörten protestantische Tempel und riefen die Königin von Schottland zur Herrscherin aus. Die, obwohl wider jedes Recht in England festgehalten, behielt vorläufig ihren Kopf, der Herzog von Norfolk musste seinen auf den Henkersblock legen.

Der Aufstand wurde grausam niedergeschlagen. Der Drache befahl, dass in jedem Dorf, das an der Rebellion teilgenommen hatte, wenigstens ein Mann aufgehängt werden sollte. Und ich wechselte wieder einmal mein Gefängnis.

9

Als es nach London ging, wiegte ich mich momentan in der Illusion, ich sei frei. Das war ich nur teilweise, denn der Drache hatte beschlossen, mich der Obhut meiner Stiefgroßmutter, der Herzogin von Suffolk, anzuvertrauen. Die, gerade auf dem Weg nach Greenwich, fiel aus allen Wolken, als sie mich in meinem armseligen Karren herbeizotteln sah. „Kind, wo sind deine Sachen?"

Hilflos konnte ich nur die Achseln zucken. Außer einer durchlöcherten Matratze, einer Steppdecke, aus der die Füllung quoll, einem mottenzerfressenen Überhang, gerade gut genug, um über einen Nachtstuhl zu drapieren, ein paar windschiefen Stühlen und einer Handvoll ebenso krummer Ess- und Waschschüsseln hatte ich keinen irdischen Besitz. Stiefgroßmama schüttelte den Kopf. „Was denkt die Königin sich? Sie setzt dich gefangen, und ich soll für dich aufkommen? Wo doch alle Welt weiß, dass ich keinen Penny habe!"

Unter diesen Umständen war der Wohnsitz der Herzogin, das einstige Minoritenkloster, ein noch düsterer Ort, als seine beklemmend dunklen Mauern nach außen hin verrieten. Zwar verstand ich mich einigermaßen mit meinen Stieftanten, den beiden Töchtern der Herzogin, aber das ständige Zetern ging mir auf die Nerven. Nach Katherines Tod war ich sowieso sehr niedergeschlagen, noch mehr jedoch, als ich vernahm, dass mit einer baldigen Freilassung nicht zu rechnen war. Ich war eine Gefangene wie unsere schottische Cousine, und wie sie präsumtive Thronerbin. Katherines Söhne waren als illegitim erklärt worden, meine Ehe, von einem geweihten Priester gesegnet, konnte der Drache trotz aller Versuche nicht annullieren. Was er mir garantiert nicht verzeihen würde.

Es gab wieder einen Skandal in Königskreisen, als unsere liebe Bess of Hardwick ihre Tochter Elizabeth Cavendish mit Charles, dem Bruder des ermordeten Henry Darnley und Schwager der Mary Stuart, verheiratete. Wieder einmal tobte der Drache (obwohl ihn das gar nichts anging), wieder einmal musste Lady Lennox in den Tower, was sie, da mittlerweile daran gewöhnt, mit einem ergebenen Seufzer hinnahm.

Bess of Hardwick kam mit einem scharfen Rüffel davon. Man braucht ja wohl nicht zu betonen, dass ihr der Drache dadurch nicht lieber ward. Ihre Rache war eine ganz besonders ausgekochte. Wie es die Laune des Schicksals so wollte, wurde ihr vierter Ehemann, George Talbot, Earl of Shrewsbury, zum nicht ganz freiwilligen Kerkermeister der Mary Stuart ernannt. Es dauerte nicht lange, und Bess verdächtigte ihren Gatten, ein Verhältnis mit der Schottenkönigin zu haben, und machte ihm heftige Vorwürfe. Der war nur auf seine Pflichten als Gefängniswärter bedacht und zog mitsamt seiner Frau und seiner Gefangenen von einem Schloss zum anderen, sobald ein neuer Aufstand drohte.

Einmal mehr wegen ihrer scharfen Zunge vom Drachen gemaßregelt, bereitete Bess ihre Revanche vor. Der Mary Stuart erzählte sie brühwarm, was für unglaubliche Geschichten über den Drachen im Umlauf seien: In ihrer maßlosen Eitelkeit halte sich Elizabeth für die Himmelskönigin und werde es nicht satt, sich von ihren Höflingen um-

schmeicheln zu lassen, dabei gehe sie in ihren Zornesaus-
brüchen so weit, dass sie ihren Hofdamen schon mal einen
Finger breche oder mit einem Messer über die Hand
schlage.

Nicht nur das, Elizabeth habe wie ihr Vater ein hässliches Geschwür am Bein, flüsterte die Gräfin von Shrewsbury der Gefangenen mit einer Lüsternheit ins Ohr, die man
sich gut vorstellen kann. Weitere pikante Details folgten,
und die schrieb Cousine Mary Wort für Wort in einem Brief
nieder, den sie an ihre „liebe Schwester" in London richtete,
angeblich, um sie in großer Besorgnis von den Verleumdun-
gen zu unterrichten, die man über sie verbreitete.

Obwohl sie ihre Wochen verliere und es mit ihrer Jugend vorbei sei, schrieb Mary, suche Elizabeth noch immer
ihr Vergnügen mit immer neuen Liebhabern, in deren Betten
sie sich nachts im Hemd schleiche. Zum Schluss kam der
schlimmste Schlag, nämlich dass „indubitablement vous
n'estiez pas comme les autres femmes, et pour ce respect
c'estoit follie à tous ceulx qu'affectoient vostre mariage avec
le duc d'Anjou, d'aultant qu'il ne se pourroit accomplir".

Zwanzigjährige Feindschaft entlud sich in diesem Schreiben, und in mir entlud sich, als ich davon hörte, ein Lachkrampf, in dem nicht wenige Hassgefühle steckten.

10

Eine eifersüchtige und nörgelnde Gattin ist ein großes Übel. Das sollte ich am eigenen Leib erfahren. Die Herzogin von Suffolk zeterte so lange, bis sie von mir befreit wurde. Man brachte mich nach Bishopsgate, zu Sir Thomas Gresham. Dieser, ein vermögender Geschäftsmann und früherer Bürgermeister von London, war ein alter Mann, der sein Augenlicht fast verloren hatte und sich auf einen Stock stützen musste. Früher, freilich, war er ein toller Hecht gewesen, und das hatte seine Frau nicht vergessen. Sie war auf jeden Rock eifersüchtig, der in die Nähe ihres Herzensgatten kam, und wenn es auch ein so grauslicher Wurm wie ich war. Dauernd lag sie Sir Thomas in den Ohren, er solle diese unnütze Bürde, die „Sorge ihres Lebens" von ihr nehmen, die sie davon abhielt, sich in ihrem Haus frei zu bewegen und ihre neunzigjährige Mutter in Norfolk zu besuchen.

Ich suchte meinerseits die alte Hexe zu ärgern, wo ich nur konnte. Ich sagte ihr, die Königin halte darauf, dass man mich mit „Euer Gnaden" anredete, und verlangte zwei Mägde, um mich zu bedienen.

Lady Gresham ging natürlich nicht darauf ein, sondern setzte ihre Schikanen fort. Nicht nur grüßte sie mich nicht mehr, sie rief mich nicht einmal zum Essen, bis mich die aus der Küche kommenden Düfte die Stiege hinunterlockten. In der Folge verkroch ich mich meistens in den Garten oder die Kapelle, die Gresham House angeschlossen ist, oder verschanzte mich mit meinen Büchern in meinem Zimmer.

Ein Trost war mir, dass man Master Keyes endlich aus seinem Loch herausgelassen und nach Sandgate geschickt hatte, wo er einen Wachposten im Schloss übernehmen durfte. Ihn sehen durfte ich nicht, sogar zu schreiben war mir verboten. So konnte ich nur hoffen, dass mein Gatte sich in seiner Heimat von der schlimmen Zeit im Kerker erholen würde.

Auch Katherines Witwer war aus der Haft entlassen worden und auf den ländlichen Wohnsitz der Seymours, Wolf Hall, zurückgekehrt. Seine Söhne wurden weiter von ihrer Großmutter erzogen. Aus dem, was mir Edward schrieb, entnahm ich, dass Lord Beauchamp, der Älteste, ein Faulpelz war und von seinem Bruder Thomas in Latein und Griechisch spielend überflügelt wurde. Hier kam wohl das Blut seiner Tante Jane durch.

Auf meine brieflichen Andeutungen, ob Ned sich nicht wiedervermählen wollte, reagierte mein Schwager nicht.

Offensichtlich trauerte er noch immer Katherine nach, und die schmähliche Art, wie die beiden behandelt worden waren, hatte aus ihm einen verbitterten Mann gemacht. Ich hoffte, dass es ihm im fernen Wiltshire gut ging.

11

Gresham war ein Mann, der seiner Zeit weit voraus war. So war ihm die Idee gekommen, mitten in London ein Einkaufszentrum zu gründen, in dem alle möglichen Artikel an einem Platz zu bekommen waren. Unter den Arkaden der zweistöckigen Börse reihten sich die verschiedensten Läden - Glasmacher, Goldschmiede, Juweliere, Schneider, Apotheker, Buchhändler -, an den Giebeln mit einer Heuschrecke, dem Emblem der Greshams, geschmückt und abends von Laternen erhellt.

Es war ein hübscher Anblick, der allerdings keinem etwas nützte, da die Londoner, denen dieses Konzept neu war, sich nicht ins Innere wagten. Sir Thomas verzweifelte fast, sagte sich dann aber, dass, wenn er Elizabeth einlud, ihr vielleicht die Kunden auf dem Fuß folgen würden. Tatsächlich erschien der Drache an einem kalten Januartag und ergötzte sich an den Lobhudeleien, die das präsentierte Theaterstück, ein Schauspiel von unübertrefflicher Langweiligkeit, schamlos ausbreitete.

Wie ein Pfau stolzierte Lady Gresham durch die Galerien - mich hatte man vorsorglich in meinem Zimmer eingesperrt -, der Drache scharwenzelte mit seiner Suite nicht weniger großherrlich hinterher. Eingehend besah sich die Königin die Verkaufsartikel - den Ladenbesitzern hatte Gresham eingeschärft, ihre schönste Ware auszustellen -, und als Elizabeth bei einem Juwelier stehen blieb, pickte er eine besonders große Perle heraus und verehrte sie seiner Besucherin, was diese ohne mit der Wimper zu zucken annahm.

Bereits am nächsten Tag waren die Mieten für die Läden ins Dreifache gestiegen, und die Londoner strömten in Scharen in das, was sich jetzt offiziell die „königliche Börse" nennen durfte.

12

Thomas Keyes starb im September 1571 an den Folgen seiner grausamen Kerkerhaft. Kurz darauf schrieb ich dem Drachen, ich würde darauf vertrauen, endlich wieder in Gnaden aufgenommen zu werden, da ja nunmehr „das Objekt des königlichen Missfallens nicht mehr vorhanden" sei. Den Brief unterschrieb ich mit „Mary Keyes".

William Cecil entgegnete gnädig, ich möge mich weiter in Geduld fassen. Meine Bitte, mich der minderjährigen Kinder meines verstorbenen Gatten annehmen zu dürfen, wurde abschlägig beschieden. Ich fasste mich also weiter in Geduld.

Wenigstens konnte ich sagen, ich sei eine verheiratete Frau gewesen. Ich würde nicht wie Elizabeth als alte Jungfer sterben. Die saß in ihren kalten Schlössern, knabberte an ihren kalten Juwelen und sann darüber nach, wie sie andere Menschen piesacken konnte. Wie sollte sie verstehen, was Frauen, Mütter, Witwen empfinden?

Ihre Freier hatte die Königin methodisch abgewiesen, zuletzt den Duc d'Alençon. Worauf der die Flucht ergriff, anscheinend, weil sein Bruder Henri König von Frankreich geworden war. Wahrscheinlich jedoch, um ungehindert mit noch mehr jungen Männern vögeln zu können.

Der liebe Robin war dem Drachen auch kein großer Trost mehr. Im August schenkte seine Mätresse Douglas Sheffield einem Sohn das Leben. Obwohl die Sheffield beteuerte, sie sei heimlich mit Robert Dudley verlobt, wandte er sich von ihr ab und begann offen Lettice Knollys den Hof zu machen. Aber Elizabeth hatte ja ihre Juwelen, um sie an ihr Herz zu drücken.

In der englischen Thronfolge gab es immer wieder über-
raschendes Stühlerücken. Den Lennox-Erben war eine
kleine Tochter Arbella geschenkt worden. Charles Stuart
war seit dem Tod seines Vaters Earl of Lennox, aber man
sagte, er sei schwach auf der Brust und würde vielleicht
nicht lange leben. Seine Mutter, Lady Margaret Lennox,
hatte ihrer königlichen Schwiegertochter lange gegrollt, weil
die ihren Nichtsnutz von Ehemann hatte umbringen lassen,
aber das ging schließlich nur die Königin etwas an. Lady
Lennox erinnerte sich an ihre eigenen Gefangenschaften unter Elizabeth und deren Vater und versöhnte sich schließlich
mit der in England inhaftierten abgesetzten Schottenkönigin.

Offizieller König von Schottland war jetzt James, ein un-
sicherer, allzu kluger Junge, der einsam von Fremden im
Hass auf seine Mutter als gut evangelischer Bücherwurm
aufgezogen wurde. Elizabeth hielt ihn bei der Stange, indem
sie ihm in fürsorglichen Episteln versicherte, sie habe ja im
Grunde nichts gegen seine Mutter und er könnte, wenn er
brav sei, eines Tages König von England werden.

Gute Chancen im königlichen Schachspiel hatte aber auch Arbella Stuart. Sie stammte wie ihr Cousin James von Königin Margaret Tudor ab, war aber im Gegenteil zu ihm in England geboren – ein unleugbarer Vorteil, um hier herrschen zu können.

Und ich, die in die Ecke geschubste, von einem Gefängnis zum anderen transportierte Thronerbin dritter Wahl? Nun, ich glaubte Morgenluft zu wittern, als man mir im Frühling 1572 erlaubte, nach Osterley, einem Landgut von Thomas Gresham, zu fahren, um frische Luft zu schnappen. Hier durfte ich zwischen blühenden Kirschbäumen wandeln und die Schwäne in den Teichen füttern. Mitunter gesellte sich ein Fischreiher zu ihnen, welcher der ganze Stolz von Lady Gresham war. Ich spielte mit dem Gedanken, ihm Rattengift zu geben, aber das arme Tier konnte ja nichts für seine Herrin.

Als ich von Osterley nach Bishopsgate zurückkam, fand ich meine Koffer gepackt, meine wenigen Habseligkeiten gebündelt und verschnürt im Hof stehen. „Lady Mary, Ihr seid ein freier Mensch. Gehabt Euch wohl", unterrichtete mich Sir Thomas, und seine Frau rief mir gehässig nach:

„Zeit, dass Ihr verschwindet, Mrs. Keyes, Ihr, Euer Zeugs und Eure Bücher."

13

Die ersten Monate in Freiheit habe ich in Beaumanor verbracht. Hier ist es allerdings eng: In zweiter Ehe hat mein Stiefvater Anne Carew, die Witwe von Botschafter Nicholas Throckmorton, geheiratet, und die hat sieben Kinder mit in die Ehe gebracht.

Es geht laut zu auf Beaumanor, und der verwilderte Park bietet auch keine Abwechslung. Es sind keine Dorfleute da, mir die Früchte ihrer Felder zu Füßen zu legen, keine Molly Wynch und keine Stallburschen, die sich selbst mit einer Missgeburt wie mir ins Stroh legen wollten. Was mir, und das will ich betonen, auch meine Würde als frisch verwitwete Ehefrau eines Sergeant Porters verbieten würde.

Adrian sucht mich mit Pudding, Malvasier und Wildpasteten abzulenken, aber dieser scheußlich angezogene, dickwanstige Schwätzer geht mir auf die Nerven. Was hat meine Mutter nur an ihm finden können?

Eine erfreuliche Nachricht ist, dass der Drache, aus einer unerfindlichen Laune heraus, mir endlich das Erbe meiner Mutter (oder wenigstens einen Teil davon) hat auszahlen lassen. Das heißt, ich bin wieder flüssig und habe Mittel genug, mir ein Haus in London zu kaufen.

Das finde ich in St. Botolph's without Aldgate, im Osten der Hauptstadt. Schwager Hertford schickt mir Matthew Parker, der bereits in Katherines Diensten stand, und mit ihm, Robert Saville, Katherine Duport sowie Henry und Anne Goldwell habe ich fünf Dienstboten, die sich um meine unbedeutende kleine Person kümmern. Wenn ich mit meinem Apfelschimmel und meinem schwarzen Wallach im Gespann in die City oder nach Westminster fahre, kann ich das mit hoch erhobenem Kopf tun: Die Zwergin Keyes ist nicht nur eine freie, sondern auch eine angesehene Frau.

14

Warum ich nach Westminster fahre? Nun, ich bin wieder gesellschaftsfähig: Der Drache ist besänftigt und hat sich meiner erbarmt. Mein Neujahrsgeschenk in Form von mit Goldknöpfen und Perlen verzierten Handschuhen nahm die Monarchin huldvoll an. Im Gegenzug schenkte sie mir einen Silberbecher – aber von einem Geizhals wie Elizabeth ist nicht mehr zu erwarten.

Als ich zum ersten Mal wieder am Hof erscheinen durfte, sah sie mich von Kopf bis Fuß an, als versuche sie die Spuren der vergangenen sieben Jahre an mir auszumachen. Ich reckte mein Kinn empor und sagte: „Wie Eure Majestät sehen, bin ich nicht gewachsen. Ich bin immer noch dieselbe."

„Nun", sagte der Drache, „wenn das nicht ein Zeichen von Charakter ist …" Dann schnappten ihre Lippen zu. „Und jetzt reicht mir mein Gebetbuch, Lady Mary, es ist Zeit für den Gottesdienst."

Ich starrte diesen Popanz von Königin an, die Klunker und Perlen, die über ihr Geripppe klapperten, das kreidebleich geschminkte Gesicht mit dem kirschrot gefärbten Mund unter der spitzen Nase und den kohlschwarz nachgezogenen Brauen über den lauernden Augen. Nun, mit dir verglichen bin ich geradezu eine Schönheit, dachte ich und versank in einen tiefen Knicks.

Da ich mich wieder bei Hof zeigen durfte, ließ ich mir eine neue Robe schneidern: ein orangefarbenes seidenes Unterkleid und darüber ein langer schwarzer Samtrock, wozu ich den rötlichen Hyazinth anlege, den mir Mutter vererbt hat, und die goldene Kette, die ich mir habe machen lassen.

Als ich in diesem Aufzug durch den neudekorierten Paradiessaal von Hampton Court segelte, hörte ich es um mich raunen und tuscheln. Deutlich glaubte ich das Biest von Douglas Sheffield spötteln zu hören: „Ja, wer ist denn die kleine Hummel?"

Hummel, warum nicht? Ich hob mein Kinn noch höher und segelte ohne ein Wort an dem hochnäsigen Pack vorbei:

Ich bin Mary Keyes, Abkömmling von Königen, Narren und Heiligen, ich brauche euch alle nicht.

15

Wieder ist Winter, und die Pest geht um in London. Wer es sich leisten kann, flüchtet aufs Land. Ich könnte nach Beaumanor fahren, aber die Reise ist so lang, und in meinem Alter – immerhin bin ich bereits dreiunddreißig – verträgt man kein Kindergeschrei mehr.

Und was habe ich zu befürchten? Ich bin sicher in meinem Häuschen in St. Botolph's. Während draußen die Linden ihre kahlen Zweige in den Regen strecken, der in Schnüren vom Himmel fällt, sitze ich beim Kamin, in dem die Birkenscheite prasseln. Ein Glas Portwein und einen Silberteller mit würzigem Stilton neben mir, auf meinem Schoß ein Buch.

Ritterromane hängen mir zum Hals heraus, ich vertiefe mich lieber in die Reden des Demosthenes (wie ich mit einem Makel, und zwar einem Stottern, behaftet) oder schlage

Edward Derings Predigten auf. Elizabeth kann ihn nicht ausstehen, weil er ihr vorwirft, sie tue nichts gegen den Schlendrian in der anglikanischen Kirche. Auch nicht, nachdem sie vom Papst exkommuniziert wurde und damit Freiwild für alle Katholiken ist.

Genüsslich, wenn auch etwas zerstreut blättere ich in meinem Dering. Hin und wieder nage ich am Stilton, den ich mit einem Schluck Porto hinunterspüle. Aus den hinteren Regionen des Hauses, wo die Küche ist, wallt Appetit anregender Muschelsuppengeruch zu mir herüber. Immer, wenn sie Meeresfrüchte nach Greenwich liefern, bekommen wir etwas ab. Dafür sorgt meine gute Freundin Blanche Parry. Sie ist Vorsteherin der königlichen Schlafgemächer, die Ärmste.

Gestern war Jane, Keyes Älteste, mit der kleinen Mary hier. Ein allerliebstes Kind, aber sie ist ja auch meine Patentochter. Sie kreischte vor Vergnügen, als ich mit meinem Hanswurstgesicht Grimassen schnitt. Ich habe ihr eine alte Puppe aus der Hinterlassenschaft meiner Großmutter, der französischen Königin, gegeben.

So Gott will, werde ich allen Keyes-Mädchen eine gute Heirat ausrichten und dafür sorgen, dass alle Keyes-Jungen einen anständigen Beruf erlernen. Eigene Kinder hat mir das Schicksal versagt, aber auf diese Weise werde ich nie ganz alleine sein.

Der Fischgeruch wird üppiger, die Duport muss ja wie ein Teufel in ihrem Suppenkessel rühren. Ach ja, dass ich es nicht vergesse: Anne muss noch nach Leadenhall, zum Markt, um Nelken aufzutreiben. Die will ich zusammen mit einigen Schneeglöckchen in einer Vase vor die Bilder von Jane und Katherine stellen. Rot und weiß soll er sein, der Strauß, wie die dornenreiche Tudor-Rose.

Morgen jährt es sich zum zehnten Mal, dass Katherine von uns ging, und Jane und Guildford haben vor vierund-zwanzig Jahren ihr Blut vergossen. So lang ist das schon her ... Von der alten Tudor-Generation weilt so gut wie keiner mehr unter uns. Matthew Stuart Lennox fiel als Regent sei-nes Enkels König James einem - vermutlich von dem Dra-chen angestifteten – Attentat zum Opfer. Sein Sohn, der arme Charles Stuart, ist seiner Schwindsucht erlegen, und

jetzt heißt es, seine Mutter, unsere Tante Lennox, läge ebenfalls im Sterben. Jane Dormer, nunmehr Duquesa de Feria,
betrauert ihren Gómez de Figueroa etc. Jetzt sitzt sie allein
in diesem von der Sonne ausgebrannten Land, wo Zigeuner
ihre Tambourine schwingen und man in Olivenöl gesottene
Stierhoden verspeist. Aber sie wollte es ja so haben.

Was König Philipp betrifft, so hat er endlich Söhne. Beim
vierten Anlauf und der vierten Cousine, nämlich der österreichischen Anna, hat es mit dem männlichen Thronfolger
geklappt.

Unsere schottische Cousine sitzt noch immer in ihrem
vergoldeten englischen Käfig und sendet Hilferufe an Europas Prinzen, sie mögen sie befreien und dem Drachen den
Kopf abschlagen. Aber von dem weiß man, dass er keins
seiner Opfer aus den Klauen lässt. Unsere Cousine Margaret
Stanley hat sich seine Gunst verscherzt, indem sie sich von
ihrem Arzt weissagen ließ, wann der Drache krepieren und
sie selbst Königin werden wird. So etwas ist Hochverrat.
Den Arzt hat man geköpft, die Cousine vom Hof verbannt.
Was einen Thron- (oder Todes-)kandidaten weniger macht.

Was bleibt also auf dem königlichen Schachbrett? Der kümmerliche James, der in Schottland dahindarbt, die traurige Arbella, die auf Hardwick Hall ihr freudloses Dasein fristet? Es sind mindestens zwei Damen und alle Springer ausgeschieden, so dass nur noch die ungelenke bucklige Bäuerin (*folle* im Französischen) blind herumtappt. Aber die wird niemand in Krone und Hermelin sehen wollen.

Die Flammen knistern, belebend gluckert der Porto die Kehle hinab. Vielleicht sollte ich doch vorsichtshalber mein Testament machen. Viel habe ich ja nicht. Der Drache bekommt nichts, der kann an seinem eigenen Schleim ersticken. Aber Stiefgroßmama Suffolk wird sich über meinen Hyazinthen und meine Goldkette freuen, und die Silbernäpfe dem Gesinde gefallen, auch wenn sie voller Dellen sind.

Sie können sie ja verscherbeln, denke ich, und das Geld in den Sparstrumpf tun. Der Dering gleitet von meinen Knien. Ich arbeite mich hoch und watschele zum Fenster. Schnee hat sich in den Regen gemischt, der in langen schmutzigen Strängen vom Himmel fällt. Draußen ist ein Karren vorgefahren, der Kutscher springt vom Bock und bindet fluchend die Ladung los. Sich gegen die Graupel-schauer duckend, eilen Henry und Robert herbei und schleppen die Bündel ins Haus.

Tja - ich krampfe meine gichtig gewordenen Finger um meine Halskette - Wacholder soll ja gut gegen die Pest sein. Wenn sie das glauben, umso besser für sie. Nun, ich brauche keinen Schutz. Ich fürchte mich nicht. Ich habe meinen Rubin, das Kostbarste, das Thomas Keyes mir hinterlassen hat. Er wird mich vor allem Unheil und, wenn nötig, auch vor dem Höllenfeuer bewahren.

Nachwort von Arbella Stuart (1615)

Mary Keyes starb Ende April 1578 an der Pest. Königin Elizabeth bezahlte ihre Schulden und ließ sie neben ihrer Mutter in der Westminster-Abtei bestatten.

Ich habe die in meinen Besitz gelangten Schriften der Mary Keyes unangetastet gelassen, wiewohl ich nicht glaube, dass sie aus ihrer Feder stammen. Dafür ist der Stil zu ungepflegt, der Ton zu ordinär. Wahrscheinlich sind sie von irgendeinem anonymen Verunglimpfer verfasst.

Auch an den Erinnerungen von Jane und Katherine Grey mit ihren oft beleidigenden Bemerkungen über hoch gestellte Persönlichkeiten habe ich nichts geändert. Gegen Königin Elizabeth kann und will ich nichts sagen. Obwohl sie mir zu Lebzeiten nie die Ehren zukommen ließ, die meinem Rang gebührten, sondern mich fern von den Zentren der Macht in der Obhut meiner Großmutter Elizabeth Hardwick Saintlow (verheiratete Barlow, Cavendish, Saint Loe und Talbot) ließ, die mich in der ländlichen Abgeschiedenheit von Derbyshire großzog.

Die Dinge änderten sich kaum, als James I. Elizabeth auf den englischen Thron folgte. So durfte ich weder an den Beisetzungsfeierlichkeiten des Prinzen von Wales 1612 noch an der Hochzeit von Prinzessin Elizabeth mit dem Kurfürsten von der Pfalz ein Jahr später teilnehmen. Hinzuzufügen ist allerdings, dass ich damals bereits meiner Freiheit beraubt war.

Da der König keine Anstalten machte, mir einen mir ebenbürtigen Ehegatten auszusuchen, ergriff ich selbst die Initiative. Die beste Partie schienen mir die Seymours zu sein. Der alte Earl of Hertford hatte bereits 1595 den Versuch unternommen, seine Ehe mit Katherine Grey als legitim erklären zu lassen (wofür er erneut für kurze Zeit in den Tower musste), hatte aber erst ein Jahrzehnt später Erfolg damit, als es ihm gelang, den Geistlichen aufzutreiben, der 1560 die Trauung vollzogen hatte.

Die Seymours waren demnach rehabilitiert, und ich richtete mein Augenmerk zunächst auf Hertfords Enkel Edward. Der Earl of Hertford schien zuzustimmen, verriet uns dann aber an Königin Elizabeth. Über die Gründe dieses Verrats kann man nur rätseln, es sah aber so aus, als hielte der Earl wenig von seinen Enkelsöhnen, da sie einer Ehe (der seines Sohnes Edward mit Honora Rogers) entstammten, die er selber nie gebilligt hatte. Auf jeden Fall, Edward Earl of Hertford ist auch in seinem hohen Alter noch ein sehr eigenwilliger Mann, und er wird uns wohl alle überleben.

Bei Hertfords Hochzeit mit seiner dritten Frau, der vierzig Jahre jüngeren Frances Howard, lernte ich 1601 seinen ältesten Enkel William kennen. Bald wuchs eine tiefe Zuneigung zwischen uns, so dass wir 1610, als die Legitimität der Seymour-Söhne feststand, im Palast von Whitehall heimlich den Bund der Ehe eingingen. Sicher war es ein politischer Fehler, aber kein emotionaler, denn bevor man uns auseinanderriss, haben William und ich immer fest zueinander gestanden.

Nachdem unsere Verbindung publik wurde, schickte man William in den Tower, mich in Hausarrest nach Lambeth. Als wir erfuhren, dass William zu lebenslanger Haft verurteilt war und ich zum Bischof von Durham gebracht werden sollte, entschlossen wir uns zur Flucht. Als Barbier verkleidet, schlich sich William aus dem Tower und eilte nach Leigh, um sich von dort aus nach Calais einzuschiffen.

Was mich betrifft, so wurde das Schiff, das ich geheuert hatte, kurz vor der französischen Küste von einer englischen Fregatte gekapert, und ich wurde in den Tower eingeliefert.

Ich werde diesen Ort nicht mehr verlassen, und ich werde meinen Mann nie wiedersehen. Unser Vergehen war, dass wir uns gegen eine Gewalt auflehnten, die nur die Staatsräson kennt und sich über persönliche Gefühle hinwegsetzt.

Aber haben wir, auch wenn wir im Schatten der Krone stehen, kein Recht auf Gefühle? Muss die Staatsräson über die Liebe siegen? Und muss die dornenreiche Tudor-Rose rot wie Blut sein?

Hauptpersonen der Handlung

Henry VIII. (1491-1547) *König von England*

Henrys Kinder:

Mary (1516-1558) *aus seiner Ehe mit* Katharina von Aragon (1485-1536). *Verheiratet mit:* Philipp II. (1527-1598) *König von Spanien*

Elizabeth (1533-1603) *aus seiner Ehe mit* Anne Boleyn (1501?-1536)

Edward VI. (1537-1553) *aus seiner Ehe mit* Jane Seymour (1508?-1537)

Henrys Schwestern:

Margaret (1489-1541). *Verheiratet mit:*

1. James IV. (1473-1513) *König von Schottland*
2. Archibald Douglas (1489-1557)

Mary (1490-1533). *Verheiratet mit:*

1. Ludwig XII. (1462-1515) *König von Frankreich*

2. Charles Brandon (1484-1545) *Duke of Suffolk*

Die Töchter der Brandons:

Frances Brandon (1517-1559). *Verheiratet mit:*
1. Henry Grey (1517-1554) *Marquess of Dorset, Duke of Suffolk*
2. Adrian Stokes (1519-1586)

Eleanor (?- 1547). V*erheiratet mit:* Henry Clifford
Margaret Stanley *Countess of Derby* (1540-1596) *ihre Tochter*

Die Töchter der Greys:

Jane (1537-1554). *Verheiratet mit:* Guildford Dudley (1535?-1554)

Katherine (1540-1568). V*erheiratet mit:*
1. Henry Herbert (1538-1601)
2. Edward Seymour, Earl of Hertford (1537-1621)

Mary (1545-1578). *Verheiratet mit:* Thomas Keyes (1524?-1571)

Mary Stuart, Königin von Schottland (1542-1587). *Verheiratet mit:*

1. François II. (1544-1560) *König von Frankreich*
2. Henry Stuart Lord Darnley (1545-1567)
3. James Hepburn (1534?-1578) *Earl of Bothwell*

James VI. (1566-1625) *König von Schottland, später* James I., *König von Schottland und England, Sohn von Königin Mary und Henry Stuart*

Margaret Douglas (1515-78) *Tochter aus zweiter Ehe von Margaret Tudor. Verheiratet mit:* Matthew Stuart, *Earl of Lennox* (1516- 1571)

Charles Stuart, *Earl of Lennox* (1555-1576) *ihr Sohn. Verheiratet mit:*

Elizabeth Cavendish (1555-1585) *Countess of Lennox, Tochter von* Elizabeth (Bess) of Hardwick (1527-1608)

Arbella Stuart (1575-1615), *Tochter von Charles und Elizabeth Stuart*

John Dudley (1504-1553)   *Earl of Warwick, Duke of*
Northumberland, Regent von England

Robert Dudley (1532-1588) *Earl of Leicester, sein Sohn*

Brüder von Königin Jane Seymour:

Edward Seymour (1500 ?- 1552) *Lord Protector*

Thomas Seymour (1502?-1548) *Lord Admiral. Verheiratet*
mit: Catherine Parr (1512-1548) *Witwe von Henry VIII.*

Katherine Willoughby (1519-1580) *zweite Ehefrau von*

Charles Brandon

Jane Dormer (1538-1612) *Hofdame und Vertraute*

von Königin Mary I., verheiratet mit dem Conde (später Du-
que) de Feria (1523-1571)

MIX
Papier | Fördert
gute Waldnutzung
FSC® C083411

Zeitfracht Medien GmbH
Ferdinand-Jühlke-Straße 7
99095 Erfurt, Deutschland
produktsicherheit@kolibri360.de